ASAHI SENSHO
朝日選書
1047

村上春樹で出会うこころ

河合俊雄

朝日新聞出版

はじめに

「出会い」とは何であろう。それはふだんの関係を離れるから、あるいはふだんの関係があまりないからこそ可能になるのかもしれない。

それ以外に電話をかけるあてはなかった。一千万もの人間がうろつきまわっている街のまんなかで、電話をかけられる相手が二人しかいないのだ。おまけに一人は離婚した妻だ。

このように『羊をめぐる冒険』の語り手は、ホテルのバーの電話ボックスから二つの番号にむなしく電話してみた後で嘆きのことばを漏らしている。

多くの村上春樹の初期作品の主人公あるいは語り手は、一人で孤独に生きていたり、恋人にふられたり、離婚したりしていて、あまり人につながらず、社会にかかわらずにいる。この特徴は「デタッチメント」と呼ばれたりもした。このように人がつながらずに生きている一方で、逆に思わぬ出会いがあり、それに暴力とセクシュアリティがからむことが多いのも村上春樹の初期作品の特徴である。

たとえば第一作となる『風の歌を聴け』では、語り手と「鼠」と呼ばれる男との出会いが描かれていて、はじめて会った二人が、どんな事情かわからずに朝の4時過ぎに鼠の黒塗りのフィアット600に乗り合わせて、それから石柱に思いっきり車をぶつけるという事故が起こる。裸の若い女性と朝日を覚ますが、それはバーの洗面所で酔っ払った彼女を見つけて、家まで送り届けていたことがわかる、などのエピソードもある。人びとはバラバラに生きているからこそ、思わぬ出会いに遭遇する。デタッチメントの裏側には思わぬ出会いが潜んでいるようである。

『ねじまき鳥クロニクル』と『アンダーグラウンド』を境にして、デタッチメントからコミットメントへの変化ということが村上春樹の作品について言われる。つまり初期作品では主人公が社会とつながらずに無関心に生きていたのに対して、主人公が政界の黒幕やカルト教団と闘ったりし、また村上春樹自身が地下鉄サリン事件などの社会問題を取り上げたりするようになる。それに伴って取り上げられる関係も変化し、その質も変わっていく。『ねじまき鳥クロニクル』では離ればなれになってしまうものの夫婦関係が問題になり、『海辺のカフカ』では親子関係が取り上げられ、『1Q84』では青豆と天吾との間の恋愛が成就したように見える。

このような流れを受けて2020年に刊行された短編集『一人称単数』では、これまでとはさらに異なるような深い出会いが生じている。しかしそれは日常的な持続する関係とは非常に異なるようでもある。

本書では、短編集『一人称単数』を中心として、「出会い」というモチーフから村上春樹の作品を考えていきたい。

あるいは逆に村上春樹の作品を読み込むことによって、「出会い」ということの本質、現代における出会いのあり方、さらにはその可能性が見えてきたらと思う。その際に手がかりにしたいのは、私の専門とする心理療法における出会いの経験である。というのも、心理療法においては、現実とは全く異なる次元での出会いが報告され、それがセラピーの展開に大きな影響を与えることが多い。またそれを支える治療関係そのものも、現実の人間関係とは異なる一期《いちご》一会《いちえ》の出会いであると言える。そのような経験に照らしてみてはじめて、村上春樹における非日常的で、一見不思議な出会いが理解できると考えられるからである。そもそも村上春樹の作品における不思議さは、心理療法というある種の極限状況での経験を通してはじめてわかるようなことが多いように思われる。

　さらには、私の行っている心理療法においては、夢を報告してもらい、扱うことが多い。私は『村上春樹の「物語」——夢テキストとして読み解く』[1]において、村上春樹の作品を、夢テキストのようにアプローチして読み解くことを試みたが、この方法は様々な要素が入っていて、作品として複雑に構造化されている長編よりも、短編に対してのほうが、あるモチーフで完結していて有効なように思われる。多くの村上春樹の短編は不思議で、読者からのコメントにもよくあるように荒唐無稽のようにすら思え、訳のわからないままに終わっていくこともある。しかし同じように荒唐無稽で無意味なようにさえ思われる夢を、内在的に見ていくと、実は重要な意味が込められているのが浮かび上がってくるように、村上春樹の短編も見事にできていて、ほぼ全てのディテールが意味を持っているように思われる。従って個々の短編を、できるだけていねいに内から見ていくように試みたい。

　内からというのは、あくまでも物語のなかから意味をつかんでいくのであって、作者の体験や概念の当てはめなどによって、外からの説明をしていくのではないということである。たとえばこの短編集に関しては、作者の実際の体験との重なりもしばしば指摘されているが、物語のなかのあるエピソードが、作者の実際の体験に関係していたり、基づいていたりするなどのような捉え方をするのではない。あるいは私はユング心理学の立場に立っているけれども、あるユング心理学の概念を当てはめたりするのではない。そのように外からの見方ではなくて、内在的に見ていくために、『一人称単数』についての資料や他の論考の参照は非常に少なくなってしまい、逆にテキストの引用が多くなってしまったことは断っておきたい。その際に特に、「出会い」という視点から作品にアプローチして考察を深めたい。

村上春樹で出会うこころ

目次

はじめに……iii

プロローグ　デタッチメントと出会い　「パン屋再襲撃」……3

第一章　偶然の出会い～出会いの偶然　「偶然の旅人」……29

第二章　ポストモダン的出会い　「石のまくらに」……55

第三章　別の出会いから本質としての謎「クリーム」

第四章　別の出会いと癒やし「ウィズ・ザ・ビートルズ　With the Beatles」

第五章　出会いとフィクション「チャーリー・パーカー・プレイズ・ボサノヴァ」

図版作成　谷口正孝

村上春樹で出会うこころ

河合俊雄

プロローグ　デタッチメントと出会い　「パン屋再襲撃」

『一人称単数』の個々の話を読んでいく前に、村上春樹の初期の作品における出会いがどういうものであるのかをまず捉えてみることにする。それは初期の作品にとどまらない、出会いにおける本質的なものを示唆《しさ》すると共に、村上春樹の作品における出会いに含まれる課題、ひいては現代における出会いの問題も明らかにしてくれるからである。それを踏まえてから、のちの作品で出会いのモチーフがどのように展開され、深められたのかを見ていくことにしたい。ここでは「パン屋再襲撃」を初期作品の例として取り上げることにする。

1　語ること――「パン屋再襲撃」

〈パン屋襲撃の話を妻に聞かせたことが正しい選択であったのかどうか、僕にはいまもって確信が持てない。〉

短編はこのような文章ではじまる。それに続けてこれが正しいかどうかの議論が少しあり、それについては次節で取り上げるが、しばらくして〈僕は何はともあれとにかく妻にパン屋襲撃のことを話してしまった〉ということばがある。

ここでは妻に話してしまったということ自体がクローズアップされている。つまり何か起こったことは、語られることではじめて事実となるからで、語られない限り事実とならない。ここに心理療法で語ることの意味がある。[2]虐待を受けていたこと、辛かったこと、腹が立っていたことは、語られることによってはじめて事実となり、生きたものとなる。事実となるからこそ、そこから新たな展開が生まれてきて、この短編ではパン屋再襲撃に至る。しかし逆に語られることによって、何かが事実として固定されてしまうリスクも出てきて、それが心理療法や人生において妨げになる場合もある。

何か体験したことを自分一人で抱えていても、それは事実にはならない。だからこそ、何十年も経ってから、犯罪の告白や自首がなされることがある。一人で思っていても、一人だけで知っていても、それは事実にならず、誰かと共有されないといけないのである。

〈僕自身その「パン屋襲撃」という言葉を妻の前で口に出すまで、自分がかつてパン屋を襲撃したことなんてすっかり忘れてしまっていたのだ〉というのは興味深い。最初からわかっていることを人は語るのではない。話していると、思わぬことが話され、それには本人にとってすら半ば忘れられていることも含まれている。だからこそ、精神分析における「自由連想」という方法は有効なのである。自由に語っていると、全く思わぬことが語られ、さらにそれは事実となって、新たな展開を生んでいく。それによってセラピーは進んでいくのである。

　語ることを通じて誰かと共有することは非常に大切であるが、共有しようとしながら、十分に共有できないことも生じてくる。そこに相手との出会いと関係の質が問題になってくる。つまり語る相手と出会えていないと、あるいは相手との十分な関係が成立していないと、共有はできないのである。

　さらには、語ることによる共有は、必ずしも全てを共有するのではなくて、共有しない部分も生みだしていく。一度目のパン屋襲撃について語った後、語り手は〈もちろん本当に何も起らなかったというわけではない。はっきりと目に見える具体的なことだっていくつかはちゃんと起ったのだ。しかしそのことについては僕は彼女にしゃべりたくなかった〉としている。語る際に全てを共有する必要はないし、実際のところしようとしてもすることもできない。話しても共有されないとわかっている場合、話したら壊れてしまうかもしれない場合も存在するのである。村上春樹の他の作品でも、共有はなされつつも、ある部分については話されないことは非常に多いように思われ、本書のなかでも取り上げていく。しかしここの文脈では、語り手が妻に全てを語らなかったことは、これから話が進行していくなかで妻との共有が不十分なものに終わりそうという兆しが強いように思われる。

2　デタッチメントとリアリティ

冒頭の部分で、語り手は妻にパン屋襲撃について話したことが正しいかどうかについて、少し複雑な議論を自分で展開している。そのなかで〈我々は実際には何ひとつとして選択してはいないのだという立場をとる必要がある〉ということばが出てくる。これに少し注目して、デタッチメントとリアリティの関係について考えてみたい。

何かを選択できるためには、主体性がはっきりとしていないといけない。よくある選択の例として、職場からお昼ごはんを食べに行くときにどのお店を選び、さらにはそのお店で何を食べるかを選ぶという話がある。われわれ日本人は、主体性がはっきりしないのか、他の人が何を選ぶのかを気にしたり、他の人に合わせたりする傾向が一般的に強いように思われる。それに対して、主体を中心にして対象を明確にして、何かを選び、他のものを選ばない（否定する）というのは、極めて近代意識の特徴である。選択というのは、何かを選ぶというポジの面に注目しがちであるけれども、他のものを選ばないということであり、否定であるというのは重要な視点であろう。

哲学者のアガンベンは、メルヴィル作の『バートルビー』を分析するなかで、ライプニッツの分類にも基づきつつ、「可能性」「不可能性」「必然性」「偶有性（contingency）」の四つの様式を挙げている。[3] 社会学者の大澤真幸の解説も参照しつつ、[4] それに沿って見ていくと、前近代の世界の特徴は、「必然性」である。つまりコミュニティのなかで、誰と結婚するのか、どの仕事に就くのかなどに関して、必然性があり、それは主体的に選ぶものではなくて、運命や必然に従わないといけない。様式として分類すると、「可能性」が「すること」が「できる」のに対して、「必然性」は、「すること」を「しない」ことが「できない」。それに対してコミュニティから個人が自立した近代意識の特徴は選択することができるという「可能性」である。たとえばアメリカは、ファストフード店から衣料品ショッピングに至るまで、チョイスの文化で成り立っており、その意味で近代意識の極みかもしれない。そして可能性は、不可能性という逆の様態によって補完されている。可能性を求めるけれども、究極的には不可能である、あるいは逆に不可能であるからこそ、可能性を追究するというのは近代意識の欲望の特徴的なところである。

しかし消費文明というのが、主体的にチョイスをしているようで実はコマーシャルなどで誘導されてある特定のチョイスを強いられていることが明らかになってきたためもあろうか、それに与《くみ》せずに選択しない、選択しないいことができるという偶有性というのが生じてくる。これがポストモダンの意識の特徴であろう。つまり何も選ばず、漂い、何にもコミットしないというのは近代意識の否定の後に表れてきたポストモダンの意識であり、またデタッチメントというあり方にも沿っている。選ばず、漂い、移ろっていくなかで、何のリアリティもない。

しかし、孤立して他者とつながっていない人が暴力的な出会いや性的な出会いに遭遇するように、デタッチメントはそのままでは終わらず、強烈なリアリティに直面することになる。それがこの短編では堪えがたいほどの空腹感として現れてくる。

〈そのとき僕にパン屋襲撃のことを思い出させたのは堪えがたいほどの空腹感であった。時刻は夜中の二時前だった。〉

〈それは理不尽と言っていいほどの圧倒的な空腹感だった。〉
しかしこのような強烈なリアリティに直面しながら、二人にはそれに対処する手段がない。〈しかし冷蔵庫の中には食物という名を冠することのできそうな食物は何ひとつとしてなかった。〉
なぜかというと、二人は結婚したばかりで、まだ様々な準備の最中であった。〈我々はその二週間ほど前に結婚したばかりで、食生活に関する共同認識というものをまだ明確に確立してはいなかった。（中略）その頃僕は法律事務所に勤めており、妻はデザイン・スクールで事務の仕事をしていた。僕は二十八か九のどちらかで（どういうわけか結婚した年をどうしても思いだすことができないのだ）、彼女は僕より二年八ヵ月年下だった。〉
これはどのように理解すればよいのであろうか。新婚というのは、結婚という一度目の出会いがあっても、まだ本当の出会いやつながりができていない状態であると考えられる。結婚しても、まだ相手に心理学的には出会えていない人は多いと思われ、それが心理療法を受けることによって明らかになることはしばしばある。それではこの空腹感に二人はどう対処しようというのか。

「車で外に出て、オールナイトのレストランを探そう」と僕は言った。（中略）
しかし妻はその僕の提案を拒否した。外に出て食事をするのなんて嫌だと彼女は言った。
「夜の十二時を過ぎてから食事をするために外出するなんてどこか間違ってるわ」（中略）
結婚した当初にはありがちなことなのかもしれないが、妻のそのような意見（乃至《ないし》はテーゼ）はある種の啓示のように僕の耳に響いた。

この短編は、夫婦関係の物語としても読める。あるいは新婚のときの心理状態を示している。つまり相手にはまだ出会えていないと同時に、相手や相手の考え方が絶対化されている。それは通常の夫婦関係の場合にはのちに相対化されていくのであるが。ともかく語り手は妻の意見に従うのである。

3　海底火山——垂直の出会い

結婚はしているものの何にもコミットしていず、漂っているような語り手を襲ってきた空腹感は、デタッチメントに立ち現れてきたリアリティであり、一つの出会いである。その空腹感は〈レストランで便宜的に充たされるべきではない特殊な飢餓〉と呼ばれ、さらに語り手は、その「特殊な飢餓」をひとつの映像として提示している。

①僕は小さなボートに乗って静かな洋上に浮かんでいる。②下を見下ろすと、水の中に海底火山の頂上が見える。③海面とその頂上のあいだにはそれほどの距離はないように見えるが、しかし正確なところはわからない。④何故なら水が透明すぎて距離感がつかめないからだ。

これは非常に興味深く、またわかりやすい比喩とも言える。心理学における単純な象徴解釈を適用してみると、海はこころ全体、あるいはその深みを含めて無意識と考えられ、海面に浮かぶボートは意識とみなすことができる。われわれが意識しているものは、ほんの一部にしか過ぎず、その下には広く深いこころの領域、無意識の領域が広がっている。船で釣りをする夢が見られることがしばしばあるが、それは無意識から何かをつかんで、意識にもたらすイメージとして捉えられる。

通常の船やボートは何かの目的地を目指しているが、洋上に浮かぶボートは、方向づけのない意識を示している。これは「何ひとつ選択していない」というあり方に対応していて、語り手の意識をうまく象徴的に示していると考えられる。

海の底というのは、それ以上深いところはなく、無意識やこころの深い底を表している。ところが海底火山には、海底からさらに深いところからマグマが上ってきていて、火山は全く別次元から来る垂直的なパワーを象徴している。ユング派の心理療法において「箱庭」と呼ばれる底を青く塗った砂箱にミニチュアで風景などを作る方法が用いられることがあるが、そこに火山が置かれることも多く、潜在的なエネルギーを象徴していると考えられる。ここでの海底火山は火山でありながら隠れているのが特徴的である。空腹感として襲ってきた切羽詰まったリアリティは、海底火山のエネルギーとして象徴され、ふだんは姿を見せないものである。これこそが語り手が出会うべきものなのである。

コミットの弱さ、関係の希薄化、デタッチメントなどに関して、われわれは人間関係の次元で考えがちである。しかしコミットの弱さや関係の希薄化は、われわれが何か別次元のものとつながっていないからであると考えられる。ユングは、「大きな連関の喪失」[5]ということを指摘する。つまりあの世、神の世界、超越的な世界とつながっていないから、現代的に言うなら自分のこころの深みとつながっていないから現実的な関係が持てないのである。

　村上春樹の初期作品だけでなくてその後の作品においても、人びとはつながらず、恋愛が成就しない。たとえば『スプートニクの恋人』で、僕はすみれという小説家志望の不思議な若い女性に恋しているがつながれず、すみれはミュウという謎の年上の女性に恋するがつながれない。そしてすみれはミュウと一緒に過ごした休暇中に、忽然と「向こう側」に姿を消してしまう。またミュウは偶然に閉じ込められてしまって一夜を過ごすことになる観覧車から見えた向こう側の、性的に奔放な自分の分身のような存在とつながれない。人びとが互いにつながれないのは、向こう側の世界とのつながりが切れてしまっているからであることをこの作品は示唆しているように思えるのである。

　その意味で海底火山は、向こう側の世界の現れと考えられる。われわれは水平的に相手につながろうとするが、それとは異なる垂直的な次元とのつながりが実は大切なのである。漂い、コミットをせず、相手につながれないのは、海底火山とつながっていないからで、それとつながる大切さを、この海底火山のイメージは示している。

4 垂直の水平化とパン屋襲撃

「こんなにおなかがすいたのってはじめてのことだわ」と妻が言った。「こういうのって結婚したことと何か関係があるのかしら?」

海底火山からの垂直的なパワーは飢餓感として現れていて、それは妻と共有されている。妻はさらに、垂直的なものをいわば水平化し、結婚・夫婦関係と関係づける。

これは精神分析のストラテジーと似ている。精神分析は、クライエントからセラピストに向けられる転移やその反対の逆転移を重視して、いわゆる「無意識」から意識に上ってくる垂直的な衝動などを治療関係に関連づけ、水平化するからである。たとえばクライエントに怒りが生じてきたり、依存欲求が生じてきたりすると、それはセラピストに対して怒っているのであろうか、セラピストに依存したいのであろうか、と治療関係に関連づけ、セラピーの関係のなかで扱えるようにしていくのである。垂直の水平化のようなものは、セラピーでなくても生じてくる。たとえば仕事でよいアイデアが浮かばないときに、そのフラストレーションをパートナーにぶつけるなどのようにしてである。

ここで語り手は、再び海底火山のイメージに戻り、みぞおちの奥のあたりにぽっかりと空洞が生じてしまうような気分になる。そして〈その奇妙な体内の欠落感——不在が実在するという感覚——は高い尖塔のてっぺんに上ったときに感じる恐怖のしびれにどこかしら似ているような気がした〉。海底火山から高い尖塔が出てきたように、ここで垂直性のメタファーが続いているのが興味深いが、ここから転換が生じる。

そのときに語り手は、同じような空腹を経験したことがあるのに気づき、パン屋襲撃をしたことがあるのを思いだし、「パン屋襲撃のときだ」と思わず口にする。これによっていよいよ妻との共有がはじまり、語ることによって話は展開していく。海底火山や空腹感という垂直的なエネルギーは水平方向に向かっていき、妻へと、パン屋襲撃へと向かっていくのである。

「パン屋襲撃って何のこと?」とすかさず妻に質問され、話を切り上げようとしても妻が聞きたがるために、語り手はパン屋襲撃のことを回想せざるをえなくなる。もう十年も前のことになるが、その頃の相棒と二人で、〈自分たちの飢えを充たしてくれるだけの量のパンを求めて〉パン屋を襲撃する。そしてパン屋襲撃は〈成功したとも言えるし、成功しなかったとも言える〉というわけである。なぜならば〈我々がパンを強奪しようとする前に、パン屋の主人が我々にそれをくれた〉からである。

パンを得るという目的は達したが、パンを強奪するということは成功しなかった。それではいったい何に失敗したかを考えてみたい。それは本書でテーマとする「出会い」に関係している。

5　共有と出会いの失敗

パンは無料でもらえたわけではない。そこにはパン屋の主人との不思議なやり取りがあった。

〈パン屋の主人はクラシック音楽のマニアで、ちょうどそのとき店でワグナーの序曲集をかけていたんだ。そして彼は我々に、もしそのレコードを最後までじっと聴きとおしてくれるなら店の中のパンを好きなだけ持っていっていいという取引を申し出たんだ。〉

僕と相棒は話し合って、包丁とナイフをしまいこみ、パン屋の主人と一緒に『タンホイザー』と『さまよえるオランダ人』の序曲を聴いた。そして店にあったパンのあらかたをバッグに放り込んで持ち帰った。その意味ではパン屋襲撃は成功したとも言える。しかし語り手によればパンを強奪すべきだった。そうすれば何の問題も起こらなかったという。それは呪いのように二人の生活に暗い影を落とし、二人は別れてしまう。

このパン屋の主人の提案も、それに対しての二人の反応も非常に不思議に思えるが、村上春樹の作品における多くの荒唐無稽に思える出来事に意味があるように、これも十分納得のできることである。まず出会いは、何ものかを媒介することではじめて可能になることが多いと思われる。それは短編集『一人称単数』のなかの重要なモチーフとしてのちに詳しく扱うが、たとえば一つめの「石のまくらに」だと媒介するものは短歌だったりする。『騎士団長殺し』では「騎士団長殺し」の絵となる。だから出会いは何か共有するものがあってこそ成立するので、パン屋の主人は『タンホイザー』と『さまよえるオランダ人』の序曲を出会いのために共有するものとして提案してきたわけである。しかしここでは二人は形式的に共有しているふりをしているだけであって、真のこころからの共有には残念ながら至らず、従って出会いが生じてきていない。媒介が成立しない場合には、出会いは直接性によってのみ可能になり、その一つが暴力である。しかし襲撃ではなくなることによって、出会いには暴力性がなくなり、かわされてしまっている。

さらにはパン屋の主人との共有と出会いに失敗したために、相棒とも別れる結果になっていく。このパン屋襲撃のエピソードが示しているものは、まず「今の世界に共有も出会いもない」ことで、その結果として「相棒と一緒にいる意味はない」ということになってしまう。

しかし共有と出会いの失敗が語られることによって、それは妻との間で引き継がれ、共有されていく。妻とのやり取りは非常に示唆的である。


「よく考えればわかることよ。そしてあなたが自分の手でその呪いを解消しない限り、それは虫歯みたいにあなたを死ぬまで苦しめつづけるはずよ。あなたばかりではなく、私をも含めてね」

「君を?」

「だって今では私があなたの相棒なんだもの」と彼女は言った。「たとえば今私たちが感じているこの空腹がそうよ。結婚するまで私はこんなひどい空腹感を味わったことなんてただの一度もなかったわ。こんなのって異常だと思わない? きっとあなたにかけられた呪いが私まで巻きこんでいるのよ」


飢餓感は海底火山から来るエネルギーにつながっている。ユングが「大きな連関」の喪失の問題を指摘し、村上春樹の作品において世界のつながりのなさが人間関係の希薄さに至っているように、垂直的な大きなものにつながらないと、人と人の関係は成立しないし、従って夫婦間の本当の出会いもつながりもない。これは非常にシリアスな状況なのであり、現代における普遍的な問題と夫婦関係の危機を指摘している。

6 「象の消滅」における垂直・語り・共有

本章では、あくまで「パン屋再襲撃」という一つの短編を読み解き、そのなかから初期の村上春樹作品における出会い、さらには現代における出会いの問題に迫ろうとしている。夢テキストとして読み解くという方法論からしても、あくまで一つのテキストにとどまるのが大切である。

しかし「パン屋再襲撃」は短編集『パン屋再襲撃』に収録されていて、その意味ではある程度のテーマや流れの共通性を持つ短編集のコンテクストのなかにも存在していることになる。それはある夢が一つの夢シリーズのなかに存在することに似ているかもしれない。またここで初期の一つの短編だけから、出会いにおける垂直的パワー、共有などの視点を明らかにすることが、どの程度の普遍性を村上春樹の作品群のなかで持つのか、またどのようなバリエーションが存在するのかを確かめることとしても意味があるかもしれない。

そこで短編集『パン屋再襲撃』に「パン屋再襲撃」の次に収録されている短編「象の消滅」を、これまでの「パン屋再襲撃」の解釈から浮かび上がったことと関連づけて少しだけ取り上げてみたい。これは老齢のために動物園から町に引き取られ、老朽化した小学校の体育館を象舎としていた象が、ある日飼育員と共に、姿を消してしまう話である。鍵を外したとか、壁を破ったとかの痕跡が全くなく、その意味では脱走ではなくて、消滅というのがふさわしい不思議な事件なのである。新聞記事にもなり、大きなニュースとなったものである。

この物語のなかで「パン屋再襲撃」での海底火山のパワーと垂直性に相当するものが、動物園から町に引き取られた象であると考えられる。象は地上最大の動物であり、力強さを象徴している。語り手は象に強い関心を寄せていたが、象は突然に消滅してしまう。これは日常性を超えたパワーや別次元の消失として象徴的に捉えられるであろう。「パン屋再襲撃」で垂直的なエネルギーが海底火山や空腹感としてどうしようもなく立ち上ってくることが問題になっていたとすると、ここでは逆にそのエネルギーの消失がテーマとなっている。

語り手はある女性に仕事のキャンペーンのためのパーティーで知り合って、会話がはずんだためにホテル内のカクテル・ラウンジへ行くことになり、会話を続ける。そこで語り手はなぜか消滅した象の話をしてしまう。話はかみ合わず、語り手は象の消滅について関心を持ちすぎているせいもあるのか、それについて尋ねられると変に冷淡な話し方になってしまう。それに対して女性は「象のことになるとなんだか急にしゃべり方がおかしくなっちゃったわ」と指摘する。

語り手はさらに象の話をせざるをえなくなって、実は自分が象の最後の目撃者かもしれないと言う。

つまり裏山から象舎をのぞき込めるポイントがあって、そこから消滅する直前の象を見たのである。そして象は小さくなっている、あるいは飼育係が大きくなっているようで、両者の〈体の大きさの差が縮まっているような気がした〉のである。

語り手が話し終えると、二人のあいだに沈黙が下りた。そして二人は二度と会わないことになる。

ここでは、垂直の力とパワー、さらにその喪失を感じた語り手がその話を出会った女性に語ったけれども、それは通じなかったと考えられる。つまり共有は失敗したのである。しかしそこに垂直性や向こうの次元というモチーフは共通して認められて、それが消滅することに重要な意味があるように思われる。

7 反復とトラウマの克服

「パン屋再襲撃」に戻ろう。

「あなたと一緒に暮すようになってまだ半月くらいしか経ってないけれど、たしかに私はある種の呪いの存在を身辺に感じつづけてきたのよ」と彼女は言った。そして僕の顔をじっと見つめたままテーブルの上で左右の手の指を組んだ。「もちろんそれが呪いだとは、あなたの話を聞くまではわからなかったけれど、今ではそれがはっきりとわかるわ。あなたは呪われているのよ」

パン屋襲撃における出会いと共有の失敗は、今や失敗として妻に共有されている。しかしそれは呪いのようなネガティヴなものである。それでは、妻にまで及んできた呪いはどうすれば解消されるのであろうか。妻の答えは明瞭である。

「もう一度パン屋を襲うのよ。それも今すぐにね」と彼女は断言した。「それ以外にこの呪いをとく方法はないわ」

心理学的に見て、彼女のこの考え方は正しいと言わざるをえない。呪いや痛みは、いつの間にか忘れ去られたり、ケアされることで和らげられ、解消されるのでは決してない。それにもう一度近づき、それをもう一度体験しないといけないのである。たとえば手に傷がある場合に、医学的には薬をつける、包帯をするなどによってケアされることによって回復される。しかし心理的な傷は、ケアされ、慰められることによって本質的に癒やされることはなく、逆説的ではあるけれども、その傷にもう一度近づき、時にはたとえ痛くてももう一度傷つくことによってのみ癒やされ、解消されるのである。

しかしこの試みは悪くすると、いわゆるトラウマの反復やフラッシュバックを招いたりする。たとえばひどい虐待を受けた人が、同じような問題のある人間関係のパターンにはまって、再び虐待を受けたりする。心理学では、「攻撃者との同一視」という概念があるくらいである。

しかしセラピーとして考えると、トラウマのようなものに対しては、その傷や出来事から自分を区別して近づかない、つまりそれは確かにそういうことはあったけれども、それは物理的な事故のようなもので、心理学的には自分には意味がないという姿勢で距離を取り、区別するのと、逆に傷にもう一度近づき自分にとっての意味を心理学的に深めるというのと両方のストラテジーがあると言える。ここで妻が勧めているのは、傷にもう一度近づき、心理学的に深めるしか解決はないという提案なのである。

8　共有と相手のもたらすもの

語り手と妻は、東京の街をパン屋の姿を求めて彷徨う。〈後部座席にはレミントンのオートマティック式の散弾銃が硬直した細長い魚のような格好で横たわり、妻の羽織ったウィンドブレーカーのポケットでは予備の散弾がじゃらじゃらという乾いた音を立てていた〉というのは全く唐突な展開であり、驚きである。

語り手は〈どうして妻が散弾銃を所有したりしていたのか、僕には見当もつかなかった〉としている。これはパン屋を再襲撃するというタスクを共有することで妻のもたらした貢献で、妻のパワーであり、攻撃性であると考えられる。〈結婚生活というのは何かしら奇妙なものだ〉と語り手が独白しているように、散弾銃というのはある種象徴的な誇張かもしれないけれども、語り手のこれまで知らなかったアグレッシブな妻の世界と姿がここに示されている。あるいは妻の側からしてもパン屋を襲撃する必然性があり、このような二人が結婚した秘かな結びつきが表れているのかもしれない。

心理療法においても、扱われるのはもちろんクライエント自身の個人的問題であり、課題である。それは様々な心理的な症状であったり、家族関係や職場での葛藤やその人のコンプレックスなどの心理的な問題や課題であったりする。しかしセラピストがクライエントの問題や課題を共有していくと、それにセラピストの持っているものがいつの間にかこの散弾銃のように入ってくる。それはセラピーの助けになることもあれば、方向をやや変えてしまったり、時には問題解決の妨げになったりすることもある。

散弾銃が象徴するように、ここでの妻のパワーは確かに強いけれども、海底火山に比べてもっと水平的であるような印象を与える。妻が最初に空腹感を覚えたときに、それが結婚したことと関係があるのかどうか問うたことにも典型的に表れているように、妻においては垂直軸との関わりよりも水平軸の次元が強いようである。

普通に会っていたり、共同生活をおくっていたりするだけでは不十分で、何かを一緒に共有して取り組むことではじめて相手のことがわかり、本当の出会いが生じてくる。この物語でも、パン屋再襲撃に一緒に取り組むことで、妻と出会っていけるはずであったのである。しかし共有することで、元々自分のストーリーであったものに相手の要素が少し混じってくるだけではなくて、相手のストーリーが中心になって、それに取って代わられてしまうこともある。この物語でもその傾向が強く現れ、それが「出会いが生じるかどうか」のポイントにつながっていく。

9 マクドナルド――出会い損ねと現代のシステム

深夜の東京を車で散々走り回ったにもかかわらず、終夜営業のパン屋は見つけることはむずかしい。これは現代における出会いのむずかしさを象徴していると考えられる。語り手がもうあきらめることを提案したのにもかかわらず、妻のほうはあるところで「停めて!」と車を停めるよう命じ、「ここにするわ」と決め、「パン屋なんてないぜ」という語り手の発言にもかかわらず、「あのマクドナルドをやることにするわ」、「パン屋のようなものよ」と襲撃の対象を決めていく。つまり厳密な意味で襲撃の対象はパン屋ではなくてもよく、ずれていても置き換え可能なのである。ある意味で対象は恣意的であり、出会いも恣意的であるとも言える。つまりパン屋は象徴性を失って、置き換え可能なメトニミー(換喩)的なものになっている。

妻は店員に銃をつきつけて、三人の全従業員と客を一カ所に集めさせるなどのように、襲撃の手はずを語り手に指示する。語り手は半信半疑のままでその指示に従っていく。そして「本当にこうすることが必要なのかな?」と〈半分は彼女に向けられた質問であり、半分は僕自身に向けられた質問〉を立てるけれども、それに対する彼女の答えは「もちろんよ」という確信に満ちたものであった。

このことは、元々は語り手のやり残した課題であり、物語であったパン屋襲撃が、それが共有されることを通じて、完全に妻の物語になっていることを示している。そして散弾銃を持ち込んだ妻の水平性が支配的になっている。それに対して語り手は半信半疑であまりコミットできていない。ここには既に

「出会い損ね」の兆しが見られ、語り手が大切にしていたはずの海底火山とのつながりがなくなっているように思われる。

マクドナルドでは「接客マニュアル」に従って客に機械的に対応するように求められている。そこには前近代の姿を残しているような個人店舗や喫茶店での出会いや会話の可能性はない。いきなりスキーマスクをかぶり、銃を突きつけた語り手に対して、〈マクドナルド接客マニュアル〉のどこにも対応法が書かれていないという指摘は興味深い。また銃口を向けても、〈誰も悲鳴を上げたりしなかったし、誰もつかみかかってはこなかった〉というのも直接性とリアリティの欠如、ひいては出会いの起こらなさを示している。

店長は「金はあげます」と言い、さらに「十一時に回収しちゃったからそんなに沢山はないけれど、全部持ってって下さい。保険がかかってるから構いません」と言う。現代の組織において、事故や犯罪にかかわらず、何の直接的被害も生じてこない。これはわれわれが交通事故を起こしたときに、ほぼ全てが保険でカバーされていて、様々な交渉も保険会社が行ってしまい、われわれは直接関わらないのと同じである。そこに近代意識の特徴である個人の責任や罪悪感はない。事故を起こしたというのは、その当事者の間のある種暴力による出会いであるけれども、その出会いは巧妙にシステムによって避けられていく。当事者間での関わりはなく、保険会社が交渉を進めていく。しかし妻が「正面のシャッターを下ろして、看板の電気を消しなさい」と言ったのに対して店長は、「待って下さい」、「それは困ります。勝手に店を閉めると私の責任問題になるんです」と反論する。つまりお金がなくなるのはシステムがカバーしているから困らないけれども、システムの秩序を崩すわけにはいかないというのである。

妻が「ビッグマックを三十個、テイクアウトで」と言ったのに対して、店長は「お金を余分にさしあげますから、どこか別の店で注文して食べてもらえませんか」、「帳簿がすごく面倒になるんです。つまり――」と返事する。ビッグマックを三十個も取られるということは全然問題ではなくて、あくまでもシステムが大切で、それを動かしたくないのである。これは現代社会とポストモダンの意識に特徴的なことである。つまりシステムを保つことが大切で、そのなかでの個人の判断や損得は重要でないのである。

三十個ものハンバーガーを強奪しておきながら、妻はラージ・カップのコーラをふたつ注文し、そのぶんの金を払ったというのも特徴的である。ミッションはあくまでパンを奪うこと、ここではハンバーガーを強奪することであって、それ以外のものを盗んではいけないのである。これもマニュアル通りのお店の対応に鏡映しのようである。

この襲撃シーンの全編を通じて、店員側に襲われているという恐怖がなく、叫びなどの生の反応がないのが特徴的である。つまり散弾銃を持ち出して脅すという暴力にもかかわらず、そこに出会いが生じてこないのである。一度目のパン屋襲撃とは違う意味で、パン屋再襲撃においても残念ながら出会いは生じていない。

10　語り手と妻にとっての共有

マクドナルドを襲撃してビッグマックを三十個奪った後、三十分ばかり車を走らせて、二人はビルの駐車場でビッグマックを食べる。そして二人で一本の煙草を吸う。〈煙草を吸い終ると、妻は僕の肩にそっと頭をのせた。〉

これに対して語り手は、「でも、こんなことをする必要が本当にあったんだろうか？」と、もう一度彼女に訊ねる。それに対して彼女は「もちろんよ」と答えて、〈それから一度だけ深いため息をついてから、眠った。彼女の体は猫のようにやわらかく、そして軽かった〉。

このシーンはパン屋再襲撃が、妻の物語としては成立していることを示しているように思われる。ハンバーガーを食べるために一緒に襲撃し、一緒に食べ、そして煙草をシェアしているので、その意味では共有も成立している。妻にとっては、パン屋を再襲撃することで呪いも解けたようである。

しかし語り手の「僕」にとってはどうなのであろうか。この短編は次のようにして終わっていく。

一人きりになってしまうと、僕はボートから身をのりだして、海の底をのぞきこんでみたが、そこにはもう海底火山の姿は見えなかった。水面は静かに空の青みを映し、小さな波が風に揺れる絹のパジャマのようにボートの側板をやわらかく叩いているだけだった。

僕はボートの底に身を横たえて目を閉じ、満ち潮が僕をしかるべき場所に運んでいってくれるのを待った。

海底火山はおさまり、溜まっていたエネルギーを襲撃によってうまく放出できたのかもしれない。しかし初版のバージョンでは、妻と一緒にボートに乗っていたのが、文庫版では一人でボートに乗っているシーンに変更されている。つまり妻との間には、まだ共有されていないものが何か残っていることが暗示されている。そして海底火山はおさまったというよりは、海底火山との垂直のつながりが、結果として見失われたのかもしれない。

心理療法においても、似たようなことが起こることがある。つまり、クライエントは悩みや症状を抱えているからこそセラピーにやってきて、なんとしてでもそれの解決を目指すものではあるけれども、症状が消えてよかったのかどうかは一概に言えないことがある。症状が消えることによって、本質的なものとのつながりがむしろ失われることがあるからである。この短編でも、海底火山のもたらしていた緊張が解けたのはよいことかもしれないけれども、それによって本質的なエネルギーやこころの深みとの垂直的なつながりが失われたかもしれず、それへの懸念を残している語り手と、安心しきっている妻との間には微妙なズレが生まれている。

新しいバージョンの後書きで、村上春樹はこの短編での課題が『ねじまき鳥クロニクル』につながることを明かしている。すなわち『ねじまき鳥クロニクル』では夫婦間のズレがテーマとなり、妻が失踪することによって二人の関係は一度失われ、それを取り戻すためには水平的に妻を探すのではなくて、もっと垂直的に井戸の底に下りていく必要があったのである。もっとも「パン屋再襲撃」では夫がズレを感じているのに対して、『ねじまき鳥クロニクル』では妻が違和感を覚えて家を出ていくことになる。そして垂直的なものにつながることによってはじめて、人間関係のつながりが回復されるというテーマは引き継がれていくのである。

11 「パン屋再襲撃」における出会い

短編「パン屋再襲撃」をまるで夢を内在的に理解するように細部にわたって読んできたので、本書のテーマとする「出会い」から少し外れることもあったかもしれない。そこで本章の最後に、もう一度「出会い」という視点に関して、この短編から明らかになったことを振り返りたい。

全編を貫いているのは、出会いと共有の根本的なむずかしさである。語り手は相棒と共有できず、パン屋の主人と出会えず、またワグナーの音楽を聴くという提案を受けたけれどもそれをこころからは共有できない。妻とは一度目のパン屋襲撃の失敗と空腹感を共有し、一緒になってパン屋再襲撃を実行する。けれどもマクドナルドでは、店員のあまりにもマニュアル的な対応のために、生の出会いは生じなかった。そして元々は語り手の物語であったパン屋襲撃は、妻の物語のようになってしまう。妻は共有し、課題を解決した気持ちになっているが、語り手には不全感が残っている。さらには元々あった海底火山とのつながりが失われている。

そして出会いとは、人と人の間の水平的なもののように見えるけれども、出会いのためには海底火山の垂直的なパワーのような、水平的な二項対立や二者関係を破るような第三項とつながることが大切であることが示唆されている。ユングが述べていたように、大きな連関の回復なしに、出会いというのは不可能なように思えるのである。

さらには、この短編ではワグナーの音楽を共有することがうまくいかずに失敗になってしまっているけれども、出会いのためにはなんらかの媒介するものが必要なようである。そして媒介するものがない場合に、暴力や性という直接性が大事になってくる。村上春樹の作品に暴力的や性的なシーンが多いのは、現代における出会いというのが、儀式やコミュニティなどによる媒介を失っていったために、直接性によらざるをえないことにも関係していると思われる。しかしこの短編では、せっかく包丁や散弾銃という武器を持って直接的に襲撃したにもかかわらず、暴力は空振りに終わり、出会いは生じない。それはマクドナルドにおけるマニュアル的な対応が示すように、直接性を巧妙に避ける現代のシステムのためであることをこの短編は示している。

このようにただ一つの短編から抽出された現代における出会いの特徴についての様々な要素や課題は、普遍的な意味を持っている。本書は直近の短編集である『一人称単数』から出会いについて検討していくものであるが、初期作品における出会いのなさとむずかしさとは対照的に、出会いが実現する作品である「偶然の旅人」をまず次章で取り扱いたい。これは『東京奇譚集』に収録された一篇で、2005年の作品である。

第一章　偶然の出会い〜出会いの偶然　「偶然の旅人」

短編「パン屋再襲撃」が1985年に最初に発表されたのに対して、『東京奇譚集』に収録された「偶然の旅人」が書かれたのは2005年なので、その間に二十年の歳月が経っている。クライエントの夢やこころがセラピーを通じて変化していくように、村上春樹における出会いというテーマも変化し、深められている。二つの作品の出版されたちょうど間になる1995年は地下鉄サリン事件のあった年であり、村上春樹が三部から成る長編『ねじまき鳥クロニクル』と、サリン事件の被害者へのインタビューをまとめた『アンダーグラウンド』を通じて、いわゆるデタッチメントからコミットメントへといわれる転換を成していった節目になっている。

「パン屋再襲撃」では出会いのむずかしさとすれ違いが現れていたのに対して、「偶然の旅人」では、コミットメントへの変化に呼応してであろうか、困難さはあるものの出会いが見事に実現していると考えられ、出会いの本質が示されているように思われる。この章では作品に現れている出会いの本質と同時に、作品名にも表れている偶然の果たす役割が大きいことも検討していきたい。それを通じて、『一人称単数』の個々の物語を見ていく前に、出会いがどのように可能になるのかを確かめてみたい。

1 偶然と現実について

この「偶然の旅人」では、タイトルにもあるように偶然の出会いから展開していった不思議な話を扱っている。しかもそれは村上春樹が作ったフィクションとしての短編ではなくて、実際の話として作家自身が聞いたものに基づいているのだという。

前置きとして、村上春樹の実生活には偶然がよく生じることが二つのジャズがらみの例を挙げて示されている。一つはこころのなかで望んだことがまさに現実で実現する話である。ジャズピアニストのトミー・フラナガンが率いるトリオのジャズクラブでのコンサートを聴きに行った村上春樹は、演奏の調子がいっこうにあがらないなかで、こころのなかで二曲リクエストする権利が自分に与えられたらどんな曲だろうと思い巡らす。そしてこころのなかでまさに選んだ二曲を、ステージの最後にフラナガンが演奏してくれたのである。〈僕はワイン・グラスを手にしたまま、あらゆる言葉を失った〉と村上春樹は書いているが、それほどの驚きだったのであろう。

もう一つの紹介されているエピソードは、中古レコード店で『10 to 4 at the 5 Spot』というLPレコードを見つけて、それを買って店を出ようとしたときに村上春樹は時間を尋ねられる。ちょうど4時10分前だったので、「Yeah, it's 10 to 4」と答え、今買ったばかりのレコードの名前との偶然の一致に息を呑んだという。

心理療法においては、偶然の出来事によってクライエントの状態が悪化したり、逆によくなったりというのが起こることが多いように思われるが、そのなかでも特に偶然の一致が生じやすいクライエントあるいはセラピストが存在するように思え、村上春樹はそのような傾向を持っている人のようである。それを反映してか、村上春樹の作品においても偶然の一致が生じることが多い。たとえば、『スプートニクの恋人』では、語り手の「ぼく」は小説家志望のすみれという不思議な女の子が好きで、すみれはミュウという年上の女性に恋をしているが、どの恋も一方通行で成就しない。すみれはバカンス先のギリシャの島で忽然《こつぜん》と姿を消してしまうが、物語の最後のほうで、「ぼく」の乗ったタクシーとミュウが運転するジャガーが偶然に隣り合う車線を走ることになる。これはまさに偶然の出会いであり、またすれ違いの出来事である。

ユングは、たとえば夢で家族や知り合いの人が不思議な形で登場したら、その人、あるいはそれに関係する人が亡くなっていたなど、因果的な関係で説明のつかないような偶然の符合について、「共時性(synchronicity)」という概念を提唱した。[6] そのようなことが生じやすい人がいるだけではなくて、極度の緊張状態や危機的な状況になると偶然の重なりが生じてくるように思われる。村上春樹の挙げている一つめの例がこれに該当して、別にステージが順調に進んでいたら思わなかったかもしれないが、演奏の調子があがらないことで演奏者にも聴衆にも高まっていったフラストレーションのなかから、聴いていた村上春樹が二曲をこころのなかでリクエストするということが起こったと考えられる。同じように心理療法では危機的な状況に直面することが多いので、しばしば偶然の符合が生じるように思われるのである。それと同時に、何でも共時性や偶然の一致と思いすぎる人がいるのも事実で、私が『夢とこころの古層』[7]で指摘したように、過剰に偶然の一致とみなさないことも必要であろう。

これは村上春樹がピアノの調律師から実際に聞いた話で、非常にリアリティが感じられる内容である。もっとも村上春樹が本当に聞いた話から短編を作ったのか、そもそも聞いた話という設定自体もフィクションであるかどうかは、知るよしもないが。いずれにせよ『東京奇譚集』に収録されている様々な不思議な短編のなかで、この話が最もリアリティがあるように感じられる。

物語が作り物であるか作り物でないか、物語がリアリティを持つかどうかは、非常に重要なポイントであろう。たとえば心理療法で語られる夢が作り物では、こころの変容には寄与しないであろう。ましてや作家が偶然を装って、自分の作品に都合のよいハッピーエンドを作るなどがあれば問題外であろう。しかし実際のところわれわれは、夢のなかで絶体絶命になったときに、何か都合のよい助け手を持ち込んだりしがちなのである。

2　同性愛と家族・コミュニティ

ピアノの調律師である語り手は、ピアノ演奏家を目指して音楽大学に入るが、そこで自分がゲイであることに気づく。彼は女の子たちに人気があったが、性的体験を持たなかった。そして同じ学年の打楽器科の女の子と付き合い、セックスをするようになるが、だんだんとそれが重荷になっていく。あるとき、自分がホモ・セクシュアルであることを発見し、彼女に打ち明け、まわりの人間もそのことを知るようになる。

このカミングアウトを通じて、彼は自分の家族、特に非常に仲が良かった二つ年上の姉と決定的に仲違いすることになる。姉は結婚目前であったが、弟がゲイであることがわかって結婚話が破談になりかけたくらいで、そのこともあって彼は自分の家族から全く断絶するようになる。今は現在のパートナーと十年近く安定した関係を続けているということである。

近年において、性的マイノリティは広く認められるようになってきており、またそれを深める文学作品も多く生まれている。しかしこの物語のコンテクストでは、ゲイであること、さらにそれをカミングアウトしたことは、そのこと自体よりもむしろそれによって家族やコミュニティとの分断が生じたことが大切であると思われる。誰と結婚するかはどうでもよくて、ともかく家を出ることが自分に大切だった、というのは心理療法でよく聴かれる語りで、意識的であるかどうかは別にして、ある選択や行動が、それ自体とは別のところに心理学的な意味を持っていたというのはよくあることである。

短編集『パン屋再襲撃』には「ファミリー・アフェア」という短編も収録されていて、その話では主人公と同居している妹に婚約者ができるが、その人物が主人公には気に入らない。ここには他者が入ってくることを許さないような兄妹の強い無意識的な結びつきが認められる。「偶然の旅人」には同じように姉弟の間に強い結びつきがあり、主人公は姉の婚約者を非常に嫌っている。よく親子関係での依存や密着を離れての自立ということが心理学的な課題となることがあるが、同じようにして兄妹、あるいは姉弟との間の結びつきを断ち切って、家族のいわば近親相姦的な関係から出て、自分のパートナーと人生をつかんでいくことが通常は大切なのであるが、それがなかなかむずかしいのである。たとえばユングは治療関係を扱った『転移の心理学』[8]のなかで、兄妹の間の近親相姦的な関係を破って、それぞれにパートナーが登場してくるロシアの昔話を取り上げている。

「偶然の旅人」では、主人公のゲイのパートナーが全く登場せず、どのような人なのかも全く触れられていないのが特徴的である。つまりそれはこの物語におけるメインのテーマではなくて、ゲイということはそれを扱うべきポジティヴな要素というよりは、家族でのこれまでの関係を否定したり、通常のつながりを否定したりするためにこの物語に登場していると考えられるのである。さらに穿った見方をすれば、姉との近親相姦的な関係を維持し、他の女性との関係を入れないためにゲイとなっている可能性も考えられなくもないが、それはここでの考察の範囲を超えている。こころの出来事は、何に焦点を当てるか、どの関係を中心として見ていくかによって、見え方が変わってくるのである。

3　週一回の火曜日の出会い——非日常の時空間

主人公は、火曜日になると一人で自宅から離れたショッピングモールを車で訪れて、そこの書店の一角に設けられたカフェでコーヒーを飲みながら読書をするのを習慣としていた。午前10時から午後1時までそこで読書にふけることは、彼にとっての大切な癒やしの時であったのである。

まず、自分の日常の場所とコンテクストから離れたショッピングモールのカフェを訪れること自体が、非日常の時空間に赴くことであり、大げさに言うと聖地を訪れるような巡礼と考えられる。時間をかけて身体を動かして、決まった、しかもお気に入りの場所に移動すること自体が重要である。さらにそのようなことは、旅行のように一回きりの行為でも意味があるが、毎火曜日の決まった時間のように習慣的に繰り返されることによって、何か自分を支えるものになっていく。それは多くのキリスト教徒が毎日曜日に教会を訪れて祈りを捧げたり、心理療法においてクライエントが毎週決まった場所と時間にクリニックやセラピストのオフィスを訪れたりするのと共通している。そこでどのような内容が祈られたり、語られたりするかということ以前に、そのような非日常の空間を設けて、そこを規則的に訪れる行為自体が重要なのである。心理療法を営んでいると、何が語られ、洞察されていくかよりも、時間と場所を決めて定期的に会うこと自体がクライエントのこころを支え、よい変化をもたらすことがあるのを痛感させられる。

書店に併設されているカフェで彼は読書をする。読書というのは、その読んでいる本の世界という、現実とは異なる一つの別の架空の世界に入り、外の世界に対して閉ざして自分の内面に入ることである。自分のコンテクストや日常から離れたショッピングモールのカフェを訪れること自体が、非日常の時空間に入っていくことであるけれども、そこで彼は本の世界という一段と深い非日常の時空間に入るのである。よく読書に夢中になっていると電車を乗り過ごしたり、いつの間にか約束の時間が過ぎていたりということがあるが、それはまさに本のなかの別世界に入っていて、しばし現実の世界から隔絶されていることを示しているのに他ならない。

またこれは読者であるわれわれからすると、カフェで読まれる物語は、「偶然の旅人」という物語のなかにある物語になる。村上春樹の作品には、『1Q84』のなかの「空気さなぎ」や「猫の町」のように、作品のなかに物語があることが多く、またそれは物語だけではなくて、音楽であったり、『騎士団長殺し』のなかでは絵画になったりする。一番大切な秘密は、たとえば『ねじまき鳥クロニクル』におけるシナモンのパソコンのなかのファイルや、『スプートニクの恋人』におけるすみれの残したフロッピーディスクのなかの日記で明らかになることも多い。読者からすると作品のなかの物語というのは、作品自体が読者の現実から離れた物語世界であるのに対して、その物語からもう一段奥深いところにある物語に入っていくことを意味し、それはショッピングモールの書店の一角に設けられたカフェという非日常の時空間にふさわしいのである。

4　偶然の一致と共有

主人公のピアノ調律師はチャールズ・ディッケンズの『荒涼館』を読んでいた。この邦訳の文庫版で四冊にもなる非常に長い長編小説は、厳格な代母に育てられたエスタの語りを中心としていて、背景に「ジャーンディス訴訟」を置いた、ヴィクトリア朝の社会小説かつ推理小説である。

ところがカフェの隣のテーブルで同じように静かに本を読んでいた女性がいて、洗面所に行くために席を立ってから戻ってきた彼に声をかけてきた。全くの偶然であるが、彼女も同じ『荒涼館』を読んでいたのである。彼女は読書クラブに入っていて、そこで読む今月の本が『荒涼館』で、五日前にこの書店で買い求め、書店内のカフェで読み始めるとおもしろくて夢中になった。その体験があまりに心地よかったので同じカフェに戻ってきて読んでいたのだという。〈閑散としたカフェの隣り合った席で、二人の人間がまったく同じ本を読んで〉いて、しかもそれが〈ベストセラー小説ではなく、チャールズ・ディッケンズの、あまり一般的とは言えない作品〉であるので、これは驚くべき偶然の一致である。この同じ小説を読んでいたという偶然から、二人の出会いがはじまるのである。

二人はお互いに自己紹介をしあう。女性には子どもが二人いて、読書にあてる時間がむずかしいので、あえて場所を変えて本を読むようにしていると。子どもの同級生の母親たちとは共通の話題がなく、夫は商社の仕事があまりにも忙しいということである。彼のほうも自己紹介として、ピアノの調律をしていること、多摩川の向こう側に住んでいること、独身であること、毎週車に乗って読書に来ることを話す。二人は軽い昼食をとりながら一時間ばかり話し込んだ。

ここで二人が同じ本を読んでいるらしいことに気づいた女性が、ピアノ調律師に最初に話しかけてくるのが興味深い。つまり二人が全く同じ小説を読んでいたという偶然の一致にまず気づかれないと何もはじまらないし、あるいは読んでいた本が隣の人の本と重なることがあったという不思議な出来事を後から誰かにするだけでは出会いは生じない。全く見ず知らずの相手と偶然が重なったことを共有し、さらにそこから話を展開させるコミットが必要になるのである。偶然の一致にも、生じていても全く気づかれずに終わるもの、気づかれてもそれだけで終わるもの、それをきっかけとして出会いや物語が展開していくものと様々な可能性があると考えられる。それはまず偶然の一致を取り上げてコミットしてみないとわからないのである。コミットしてみても、何もないことがわかって出会いが深まらないこともあり、それも重要である。たとえばこの例でいうなら、偶然に同じ本を読んでいたことがわかっても、お互いの本に対する感想が全くかみ合わず、その後の話が全く展開しないということも考えられる。

前節で、ショッピングモールの書店のカフェを訪れて本を読むことが、非日常の時空間をつくり出していることを指摘したが、そこでの二人の出会いは非日常の時空間での出会いである。セラピーも同じようにクライエントとセラピストとの非日常の時空間での出会いで、出会いにとっての非日常の時空間というのは必要なのであろう。そしてピアノ調律師は、あたかもセラピストであるかのように、毎週火曜日に同じ場所に赴いて、非日常の時空間を用意し、出会いを準備していたのである。

「パン屋再襲撃」で回想されている一度目のパン屋の襲撃において、パン屋の主は語り手とその相棒にパンを提供することの交換条件として、ワグナーの音楽を共有しようという奇妙な提案をしたが、音楽は単に形式的に聴かれるだけで、本当の共有にはならなかった。そのために出会いは不成立に終わり、不全感が主人公に残ることになる。出会いには、何か共有するものが介在し、それが媒介するのではないだろうか。ワグナーの音楽が共有されなかったのに対して、ここでは『荒涼館』という小説が共有するものとして存在していて、二人とも夢中になってその小説世界に入っていっている。二人は、それぞれが読書を通じて自分の世界に深く入ることによってお互いがつながり、出会い、それはまた共有にもなる。出会いというと、二人の人が出会う二項で足りているように思われるかもしれないけれども、深い出会いには必ず第三項が存在して、それが共有されないといけないようなのである。ユング派の心理療法において、夢や箱庭などが重視されるのも、出会いのなかの第三項としての意味があると考えられる。

5　誘いと不可能性

翌週の火曜日、彼が同じ書店のカフェで同じように本を読んでいると、彼女がやってきた。このように非日常性が反復され、定期的なものになることが興味深い。お祭りやセラピーも、非日常性が定期的に反復されるものと考えられる。反復のおもしろいところは、それが形骸化された儀式のようにマンネリ化してしまうこともあれば、繰り返されることで逆に深まっていくこともあることだ。この物語では繰り返しによって出会いが深まり、新しい展開を生む。

二人は再会していきなり会話に入るのではなくて、黙々とそれぞれの『荒涼館』を読む。このあたりは、二人の関係がすぐに中心になってしまうのではなくて、あくまでも出会いを媒介にした第三項である小説を大切にしているようで興味深い。共有している第三項を忘れてしまったり、それを関係を作るための単なる手段にしてしまったりすると、関係が続かなかったり、深まらなかったりすることが多い。

お昼前に彼女はフランス料理店に誘い、彼女の車で食事に行く。そしてテーブルをはさんでディッケンズの小説について語り合う。食事が終わり、ショッピングモールに帰る途中に、彼女は彼の手を握り、どこか「静かなところ」に二人で行きたいと誘う。「私は結婚してから、こんなことしたことはありません。一度も」と彼女は言った。「でもこの一週間ずっとあなたのことを考えていました。面倒なことを持ち出したりはしません。迷惑もおかけしません。もちろんもし私のことが嫌じゃなかったら、ということですけど」。ここで媒介する第三項は消えて、二人が直接に向き合うことになる。

しかし彼は、自分が同性愛者であることを説明して断る。その説明を理解するまでに少し時間がかかったが、彼が自分の望みを受け入れてくれないことを知った彼女は調律師の肩に顔をつけて、長いあいだ泣いていた。〈彼は長い五本の指で、彼女の髪を優しく、時間をかけて撫で続けた。〉

興味深いのは、彼は意志が強いから、あるいは倫理的に考えてよくないから断ったのではないところである。彼はそもそもゲイであるから、彼女と性的な関係を持つことが不可能であったのである。欲望とその不可能性は、精神分析のラカンの理論に合っているかもしれない。しかしここでは不可能であったからこそ、近づけなかったからこそ話は深まっていく。しかも後から見ていくように、この二人の関係を超えて話は深まり、また広がっていくのである。

いずれにせよ、つながるところとつながれないところ、出会えるところと出会えないところがあるというのは大切である。ここでは彼女からピアノ調律師に話しかけるという一つめのコミットがあったから、二人の出会いが可能になり、さらに二つめの誘いというコミットによってある意味で出会いの不可能さが明らかになる。しかし出会いは最初の二人の間とは違うところで深まっていくのである。

6　身体――ほくろと癌

彼女の髪を優しく撫でて気持ちを鎮めてやっているうちに、彼女の右側の耳たぶにはほくろがひとつあることに彼は気づいて、〈息苦しさにも似た懐《なつか》しみを感じることになった〉。それは彼の〈二つ年上の姉にも、似たような場所に、同じくらいの大きさのほくろがあったからだ〉。

全く同じ本を読んでいたという偶然に気づくことによって、女性とピアノ調律師が出会うけれども、さらに身体の特徴が偶然に一致していたことによって、女性と姉との偶然のつながりが感じられてくる。村上春樹の小説に、身体の部分が取り上げられている話は非常に多い。たとえば『羊をめぐる冒険』では、耳の美しいガールフレンドが登場する。『1Q84』の主人公の一人である青豆は、髪の薄い男が好みである。ある一つの部分的特徴によって人を定義することは、メトニミー的なものであると言える。それに対して、ある人の性格特徴や全体の雰囲気などで人を捉えることはメタファー的なものである。精神分析的な考えでは、新しく出会う人に自分の両親やきょうだいの特徴を投影し、そこに同じような関係性を求めることがある。しかしここで生じている女性と姉とのつながりは、そのような意味的な次元とは全く関係のないものなのである。メトニミー的なもの、偶然の一致はこれまでの意味連関からの飛躍を可能にする。

彼女は最後に「あさって、都内の病院に行って乳癌《にゅうがん》の再検査を受けることになっているんです」と言う。さらに「今日こういう風になっちゃったのは、もしかしたらそのせいもあったかもしれない。」「誰にも言ってないの。夫にも」と付け加える。

女性が誘ったにもかかわらず二人は肉体関係にはならなかったが、ほくろや癌という身体のレベルで話は進んでいく。ほくろも、身体における余計なものとして癌と近いところがあるかもしれないし、ほくろも癌化することがある。私も『夢とこころの古層』[9]でいくつもの例を取り上げたように、心理療法での経験からすると、身体や死に関係するときに、偶然の一致のようなことは生じやすいように思われる。それはいわゆるこころの悩みが展開する象徴性の次元を超えていて、ある種の極限状況において直接性の次元が開いてきているからである。

彼女は、ピアノ調律師を誘ったのは、乳癌の再検査を受ける不安があったからかもしれないと述べている。誰かのことをシンプルに好きになったり、すばらしく思うような純粋でポジティヴなだけの出会いは珍しいかもしれず、多くの場合はなんらかの事情で通常の生活リズムから逸れたり、不安があったりして、日常のコンテクストを外れているからこそ、あるいは不安などのマイナスを打ち消すために出会いが生じてくるように思われる。そうすると出会いは前に進んで新しいことをはじめているようであっても、実は何かから逃げて、それをごまかしていることになる。この彼女の場合は、乳癌の危険があるということを夫に話し、夫と向き合うことから逃げているかもしれない。彼女は本当のところは夫に話すべきなのであり、それができないからこそ他の人、つまりピアノ調律師との出会いが生じてきているとも考えられるのである。

7　姉との再会――分離の確認

翌週の火曜日に彼女はカフェに姿を見せなかった。ピアノ調律師が読書を終えて自宅に戻ると、女性の耳たぶのほくろの黒いかたちが鮮やかに思い出される。彼のこころのなかの焦点は姉に移っていく。彼は午後2時半過ぎに、姉の家に電話を掛けてみることにした。ここでほくろが似ているという偶然の一致の気づきだけに済まさずに、そこから想起した姉に電話をするというコミットを彼がしているのが興味深い。また同じ小説を読んでいたという偶然による女性との出会いは、ほくろという新たな偶然の一致によって、姉との関係と再会に進んでいくのである。このあたりも、こころというのが個人のなかや、二者関係だけに閉じていないオープンなものであることを示しているように思われ、だからこそ「出会い」が生じてくるのである。

彼は十年くらい姉とは疎遠になっていた。姉が結婚した相手が彼の気に入らなかったのである。その男は傲慢な俗物に思われて、彼の同性愛という性的傾向をまるで不治の伝染病のように扱ったのである。そのために彼は、その男の百メートル以内に近寄りたくなかったという。

ここで彼と姉との結びつきの強さとそれを妨げる姉の夫の存在が興味深い。姉と彼は、ある種の近親相姦的な原初のカップルであると思われる。ユングも指摘しているように、古代エジプトなどで王族の結婚がきょうだいの間でなされていて、高貴な血に混じりものがないようにしていたのにある意味で心理的に似ている。姉と彼は、聖なる完全なカップルであったのである。パートナーに浮気相手がいるとか、愛人がいるとかいう夢が見られることがしばしばある。現実的にはもちろん大変な事態であり、歓迎すべきことではないが、心理学的には非常に象徴的に意味のある状況である。つまりパートナーの浮気相手は、パートナーが自分には飽き足らず、自分とは正反対のものを求めている可能性が強く、そのような人はユング心理学の言うところの自分の「影」を体現していると考えられるのである。ここでの姉の夫は、姉と弟との間の二人の融合を破るもので、調律師にとっては自分と正反対の特徴を持った「影」である存在とみなすことができる。だからピアノ調律師は姉の夫を毛嫌いしているけれども、それとつながり、自分のなかに取り入れることが心理学的には重要であると考えられるのである。

調律師が姉に電話すると、幸い姉は出たが、「どうしてまた、電話してきたの?」と尋ねる。それに対して彼は「わからない」「ただ電話した方がいいような気がしたんだ。姉さんのことが気になったから」と答える。姉は彼に会いに行くことを提案し、彼は姉をピックして自分のマンションに連れて行く。二人は会わなかった十年の歳月を確認することになる。姉は彼がまだピアノを弾いているのか尋ねるが、彼は「やさしい曲だけ」と答える。姉は、彼がピアニストとして名を成すと思っていたと言うが、彼は「僕の耳は僕の腕より遥《はる》かに優秀だった」と答え、「二流のピアニストになるよりは、一流の調律師になった方が僕自身のためだ」と気づくようになったと言う。彼は調律を専門にするようになってから、はじめてピアノが楽しくなり、ピアニストになるのをあきらめてから、「音楽というのは素晴らしい」と思うようになったと言う。

彼の語りに「そんな話、あなたは一度もしてくれなかった」と姉が言うのに対して、彼はさらに「自分がゲイだと気づいたときも、同じだった」と続ける。「そうすることで僕はやっと本来の自分に戻ることができたんだ」と言う。姉は「あなたのことをもっと理解してあげるべきだったのかもしれない」と言い、「でもその前に、もっと私たちにいろんなことを細かく説明してくれてもよかった」と付け加えるが、それに対して彼は「説明なんかしたくなかったんだ」「説明しなくても、わかってもらいたかったんだと思う。とくに姉さんには」「僕はただわかってもらいたかったんだ。そしてしっかり抱きしめてもらいたかった」。姉は泣き、彼は姉の肩にそっと手を置いた。

彼が姉に対して求めている、あるいは昔求めていたのは、ピアニストでなくて調律師であること、異性愛でなくてゲイであることという本来の自分のあり方の説明なしの理解と肯定である。説明なしに理解されて肯定される、あるいはそれを期待するのは、甘えと融合の世界で、それが姉との二人の完全な世界に求めていたものである。しかし本来の自分になっていくというのは、原初の融合の世界、つまり姉の期待する自己像から出ていくということである。そこに矛盾があり、さらに矛盾があるのにもかかわらずに肯定してもらうことを期待するからこそ二人は断絶に至ったのである。今は説明のない肯定を求めているとことばで説明できているからこそ、姉との再会という形での新しい出会いとつながりが生まれているのである。それは分離を経てのつながりであり、また言語での説明という分離の入ったつながりである。二人は再会に十年を要して、そして彼の側からすると、出会った女性のほくろによって同じようなほくろを持っている姉を思い出すという偶然の一致がきっかけとなったのである。姉は「十年以上も口をきかないで、どうしてわざわざ今日――ということ」と尋ねるが、それに対して彼は、「ちょっとしたことが起こって、それで姉さんのことを考えたんだ」と答える。それはさらなる偶然につながっていくのである。

8　姉との再会――融合の回復

姉は、実は乳癌の手術で明日から入院することになっていると語る。とってみないとわからないと。それに対して〈彼はしばらくのあいだ口をきくことができなかった〉。これには、姉が乳癌であるということを知ったショックだけではなくて、知り合った女性とのほくろだけではない姉との身体での重なりが出てきたことへの驚きがあると思われる。

姉は彼に連絡しようかずっと迷っていたと言う。「同じ会うにしても、もっと明るい状況で、もっと前向きな気持ちで会いたかったの。だから連絡するまいって心を決めた。でもちょうどそのときにあなたが電話をかけてきてくれて――」。それに対して〈彼は何も言わず、両手で姉の身体を正面からしっかりと抱きしめた。彼女のふたつの乳房のかたちを自分の胸に感じた〉。

ここで彼は、十年前に自分が求めていたもの、つまり「ただわかってもらい」、「しっかりと抱きしめてもらう」ということを姉に対して行っている。ここには立場の逆転があり、ことばでない融合の回復が見られる。求められて実現しなかった傷は、しばしば逆転して実現することによって癒やされる。

姉は「ちょっとしたことがあって、私のことを思い出したってさっき言ったけど、いったいどんなことがあったの?」と尋ねるが、彼の答えは次のようなものである。「なんて言えばいいんだろう。ひとくちでは説明できない。でもちょっとしたことだよ。偶然がいくつか重なったんだ。偶然が重なって、それで僕は——」。彼はうまく説明できず、本を通じて出会った女性のことは語らない。姉と再びこころが通じ合ったとはいえ、全てをオープンに語る必要はないのであろう。「縁起」などの考え方で、一つのものに他の全てのものが入っていて連関していることを説く華厳経の理解のように、全ての出来事はつながっているが、心理療法において秘密を守ることが求められるように、どこかを切り離し、混ぜないことも出来事と出会いを深めていくために必要なのである。またことばの説明による理解と、ことばのない理解の両方が存在することが大切なのであろう。

9 戻ることと排除

姉の手術は成功し、癌の転移もなかったという。その後、弟であるピアノ調律師は姉の家によく遊びに行くようになり、甥や姪とすっかり仲良くなり、姪にはピアノを教えるようになる。そして姉の夫もゲイが伝染病のようなものでないことを理解してくれて、弟のほうからすると実際に義兄と付き合ってみると、確かに俗物ではあるけれども思っていたほど嫌な奴ではなかったことがわかる。

既に述べたように、姉の夫は彼と姉の融合を打ち破るものとして現れたもので、従って彼からすると実際の姿以上に否定的なものを投影していたと思われる。心理療法においてよく見られることであるけれども、そのような投影が解消されると、実際の人はそれほどひどい人物でないことに気づかれたりして、いわば魔法が解けたように関係の改善が見られるようになる。

彼は、「姉と仲直りできたことで、僕の人生はひとつ前に進めた」と言う。さらには「僕は心の底で長いあいだ、姉と和解して抱き合うことを求めていたんだと思う」としている。長い分離と断絶を経て、彼は姉とのつながりを取り戻している。心理的な関係は社会的な関係と異なる。この調律師にとって、ゲイではあるものの、姉との関係が一番大切な心理的関係ではないかと思われる。極端な断絶を経て、彼はその大切であった関係に戻っているのである。

西洋の心理学のモデルによると、個人の成長とはコミュニティや家族という集団に包まれているあり方から出ていって、分離された個人となり、それから自分のパートナーを見つけて、新しいつながりをつくり出すことである。グリム童話の「ツグミの髭の王様」や「黄金の鳥」は、強力な家族の関係から離れて、パートナーを見つける物語であると考えられる。たとえば「ツグミの髭の王様」では、父親である王と同一視することであらゆる求婚者を拒否していたお姫様が、追放されて父親から分離して、パートナーを見つける話である。ユングの高弟であるノイマンの発達理論でも、男性は母親から分離して、パートナーとしての女性につながること、ユング心理学的に言うと母親元型から分離して、アニマにつながることが目指される。ところがそれに対して日本の昔話では、元の関係に戻ることが多い。たとえば河合隼雄が『昔話と日本人の心』で取り上げている「お銀小銀」では、娘たちは父親のもとに戻る。また「蛇婿入り」などでは、婿として入ってきていた異類が最後には排除されてしまう。これも「カエルの王様」や「美女と野獣」のように、動物として入ってきた異類と結ばれる西洋の話と異なる。

村上春樹の作品では、しばしば近親間の結びつきがクローズアップされてきた。たとえば『海辺のカフカ』もそうで、家出してきたカフカ少年が転がり込んだ図書館の館長である佐伯さんという女性は彼の母親かもしれないし、さくらさんは自分の姉かもしれない。しかしそれらの近親相姦的な関係は、全く一人だった人が、家族を発見するなかで生まれてきているように思われる。それに対して村上春樹の他の作品でも、元の関係に戻ることは生じている。たとえば『騎士団長殺し』では、別れたはずの妻との関係に戻っている。

このように姉との関係が中心となる一方で、カフェで出会った女性は物語から排除されているように思われる。それについて検討しつつ、どの関係とつながり、どの関係を断ちきるかについて考えたい。

10　結婚の四位一体性

カフェでのピアノ調律師と女性との本を介しての出会いは、二人が毎火曜日に会うという規則性や非日常での決まったカフェでの出会いという特徴からして、心理療法に似ていることを指摘した。この二人の関係を心理療法における治療関係から検討してみたい。治療関係については、精神分析による転移・逆転移の捉え方が代表的なものかもしれないが、ユングは『転移の心理学』のなかで治療関係を、錬金術における「賢者の薔薇園」の図に拠りつつ「結婚の四位一体性」[10]として示している。

錬金術については化学の前身となる偽科学という見方もされているが、ユングは錬金術において物質を変容させる試みの際に生じてくるこころの側の変化に注目し、さらにはそれを治療関係のモデルにしようとした。錬金術師には「神秘の妹」と呼ばれる助手が存在したが、フラスコの中での物質の変容は、王と王妃の関係、その間の結合としてイマジネーションのなかで捉えられる。錬金術はそれを様々な図像として残している。フラスコの中の物質、あるいはそれをイマジネーションとして捉えた王と王妃の関係は、錬金術師と助手の二人の関係における第三項と考えられる。従って重要なのは物質の作業における王と王妃の結合であって、錬金術師は神秘の妹と男女の関係になってはいけない。錬金術師と神秘の妹の関係は人間の関係であって、大切なのは人間の関係とは区別された次元にある王と王妃の間の聖なる関係なのである。その際に交叉しての錬金術師から王妃へ、神秘の妹から王への関係が重要な役割を演じると考えられた。

ユングはこれを治療関係や転移関係のモデルに応用する。すなわち錬金術師に対応するのがセラピストで、神秘の妹に対応するのがクライエントであるとみなす。もちろんセラピストとクライエントの性別は場合によるし、同性のこともあるが、便宜上この当てはめで検討がなされている。心理療法における治療枠が強調されるように、セラピストとクライエントは直接の関係を持つことを禁じられている。

図1 ユングによるモデル：転移の心理学（錬金術）

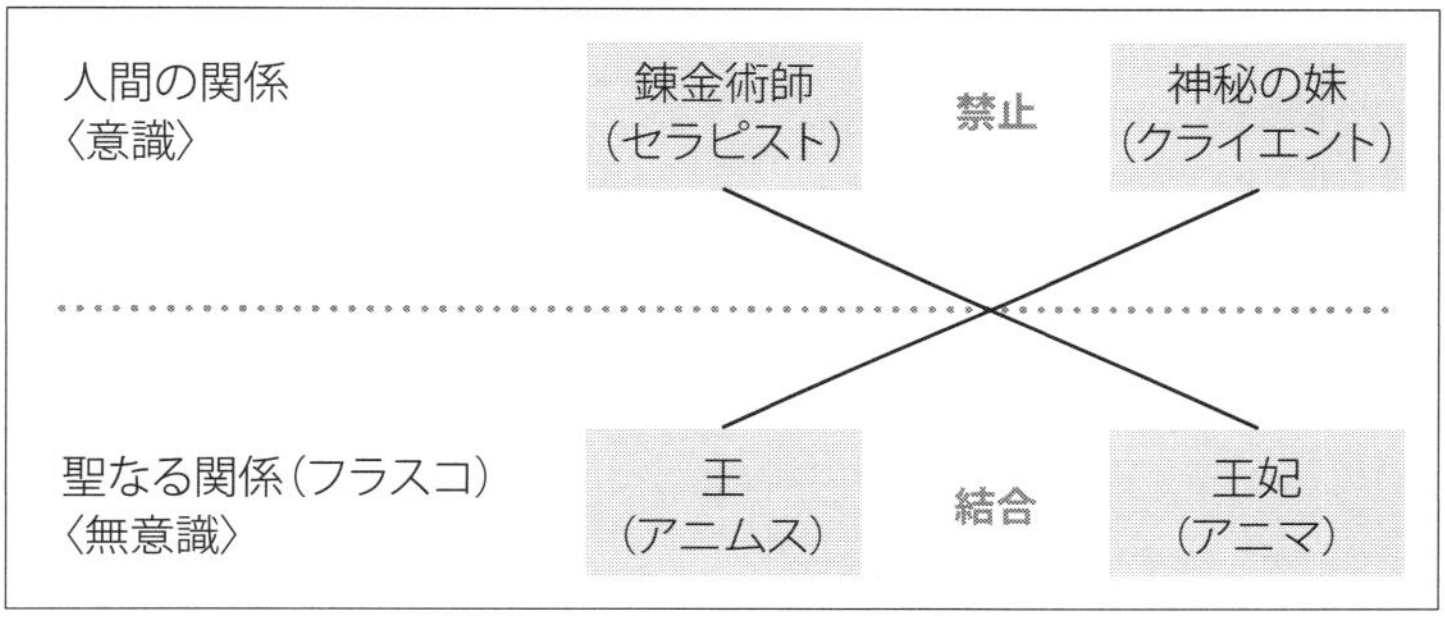

従ってユングが重要視した結合は、人間のレベル、意識のレベルで生じるのではなくて、王と王妃の間の聖なる関係において、つまり無意識のレベルで生じることになる。その際に王妃は無意識における異性像であるアニマ、王は同じようにアニムスと考えられ、セラピストからアニマへ、クライエントからアニムスへの交叉した関係が大切になる（図1）。

この図式が見事に当てはまるのが、村上春樹の『1Q84』である。『1Q84』は天吾と青豆の間の恋愛を描いているように見え、多くのこれまでの村上春樹の作品で語り手の恋人や妻が失踪したりして関係が切れてしまい、喪失感と共に終わるのに対して、天吾と青豆の間の恋が成就し、いわばハッピーエンドを迎えるかのようである。そのためにこれまでの村上春樹ファンのなかには違和感を抱く人も多いようである。しかしそれは二人の関係にカルト集団のリーダーとその娘であるふかえりの関係を入れて四人の関係として捉え、結婚の四位一体性の図式に照らしてみると事態がよく理解できる。つまりリーダーとふかえりは錬金術における王と王妃の関係に対応するような

図2 『1Q84』と結婚の四位一体性

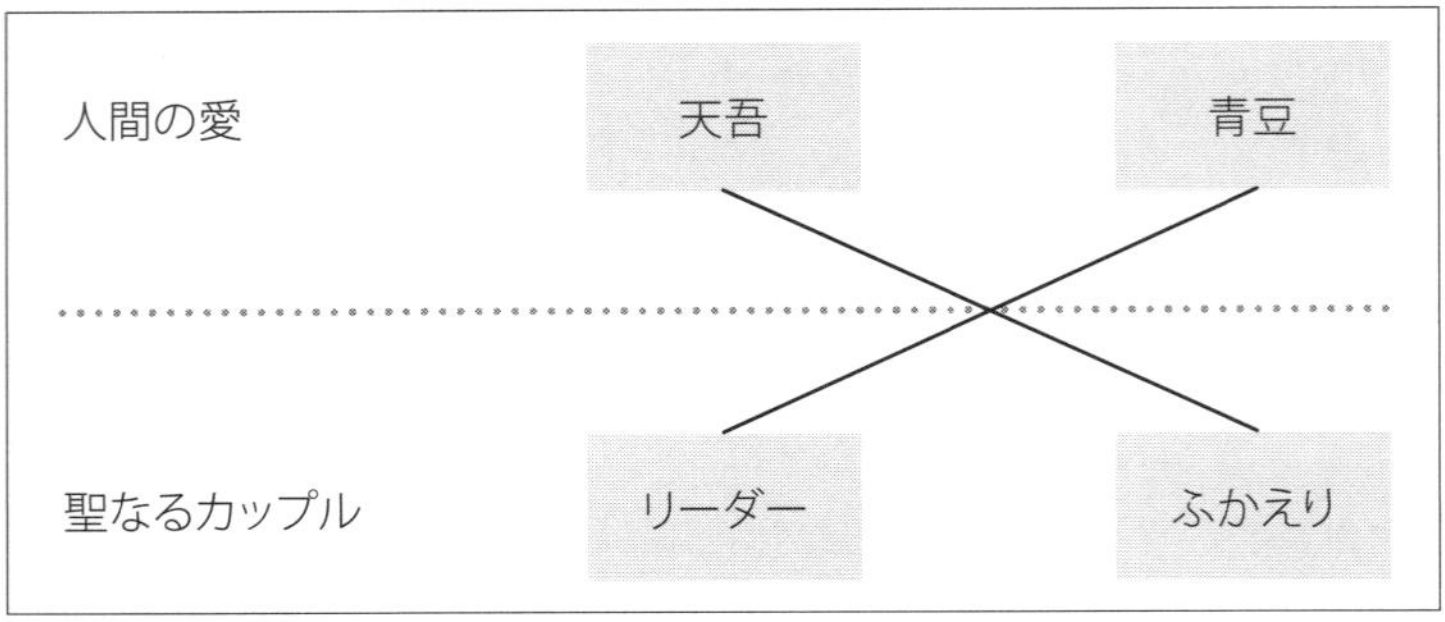

聖なるカップルであるのに対して、天吾と青豆は人間の愛の次元に属する。これまでの村上春樹の作品において恋が成就しなかったのは、恋において聖なる関係を求め、投影していたからだと考えられる。それに対して『1Q84』では、青豆は「殺害する」という形でリーダーと、その同じ嵐の夜に天吾はふかえりと性的につながるという結婚の四位一体性の図式のように交叉する形で聖なるものとつながる（図2）。さらにその関係から分離することで聖なる関係のレベルと人間の関係のレベルが区別されるようになったからこそ、人間の関係としての二人の間の恋が成就したと考えられる。

この図式を同じように「偶然の旅人」に適用してみると、ピアノ調律師と女性が火曜日にカフェで出会っているのがセラピストとクライエントの関係のレベルであり、つながってはいけない人間のレベルであると考えられる。そこからピアノ調律師のほうは、ほくろと乳癌という偶然のつながりを通じて、自分の姉につながっていく。そのペアとして姉の夫がいるかもしれ

図3 「偶然の旅人」

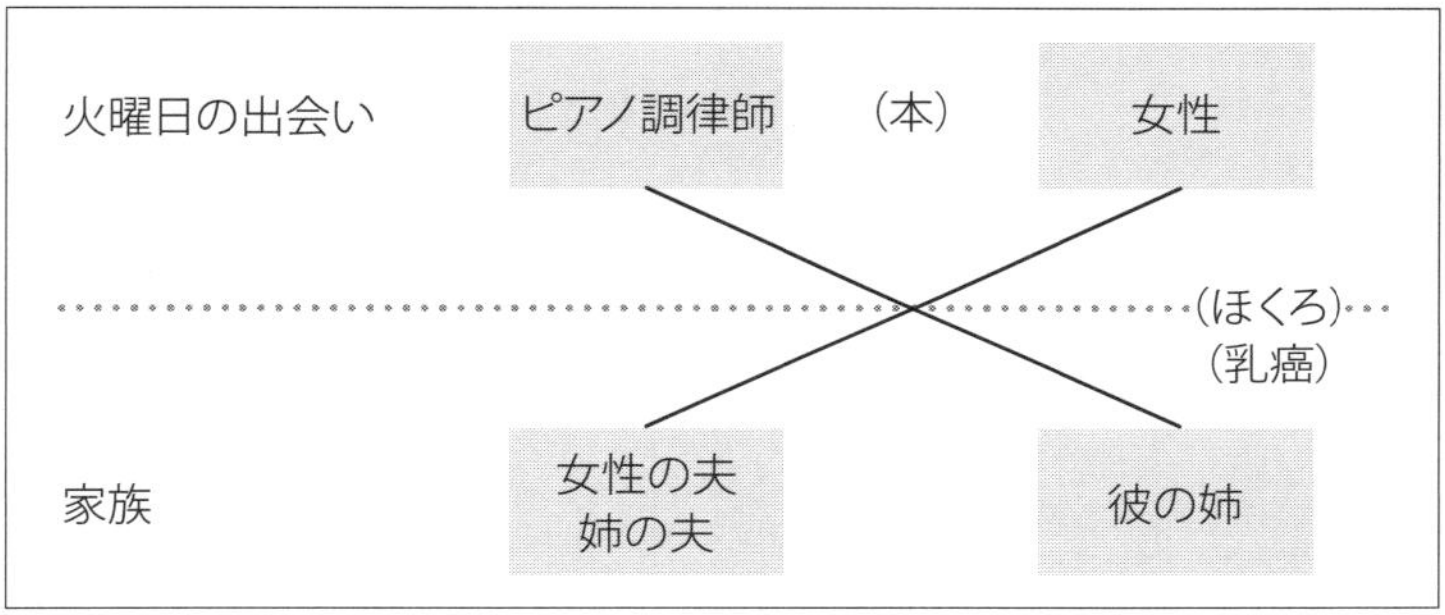

ず、それはピアノ調律師からするといわば無意識における「影」の存在となっている（図3）。それに対して女性のほうは、おそらく自分の夫とつながらないといけないのではないかと思われるが、それがうまく展開しなかったようである。またこの図式からすると、「パン屋再襲撃」に海底火山として現れてくる垂直性は、人間の関係のレベルではなく、そこから区別された聖なるものとの関係、すなわち意識の関係のレベルではなくて無意識の関係のレベルとして捉えられ、また夫婦の関係における第三項になっていく。それは「パン屋再襲撃」、特に最終形のバージョンにおいては全く二人で共有されていないのである。

11 出会い（損ね）と再会

「パン屋再襲撃」において暴力による出会いが、特に共有するものがなかったり、垂直次元が欠けていたりして失敗に終わったのに対して、「偶然の旅人」では同じ本を読書するという共有するものを介し、また偶然によって出会いが生じているようである。出会いが偶然によって生まれるように、出会いの可能性は無限に存在するように思われる。どこにも出会いのチャンスはあり、縁起を説く華厳経の世界が示唆するように、全ての存在はネットワークでつながっている。

ただ「偶然の旅人」では、偶然に同じ小説というものを介することによって生じた出会いは、ピアノ調律師がゲイであったことによってそれ以上深まってはいかず、またある種の出会い損ねになっているようにも思える。ところがその出会い損ねによって、またそれがさらにほくろと乳癌という偶然の一致が生じたことによって、ピアノ調律師は、姉との出会い、再会に至るのである。これは再び、全てのものは原理的にはつながっており、無限の出会いの可能性が開かれていることを示唆しているようでもある。

この物語は、出会いというのはいつどこにも開かれていて、深めていくことが可能であると同時に、どの出会いにコミットし、どこを切るかの大切さをも語っているといえよう。

第二章　ポストモダン的出会い　「石のまくらに」

「パン屋再襲撃」において出会いが暴力的に求められるにもかかわらず空回りに終わり、デタッチメントにとどまるのに対して、のちの「偶然の旅人」においては、出会い損ねをきっかけとした再会ではあるものの、見事に出会いが生じることを確かめてきた。それには村上春樹の作品における出会いのあり方の変化と深化が関係していると思われる。出会いを成立させている要素と考えられる、偶然性や介在するものとしての芸術作品に注目しつつ、この章から、近作の短編集『一人称単数』からいくつかの作品を取り上げて、そこに描かれている個々の出会いについて検討していきたい。それらは出会いについての根本的な要素を繰り返し示しつつも、出会いについての様々な異なる局面を示してくれる。最初に取り上げるのは「石のまくらに」である。

1　恣意的な出会い

この短編の語り手は大学の二年生で、大衆向けのイタリア料理店でバイトをしていたときに、その店をやめる女性の送別会の後で、彼女と一夜を過ごすことになる話である。物語は次のようにはじまる。〈ここで語ろうとしているのは、一人の女性のことだ。とはいえ、彼女についての知識を、僕はまったく、と言っていいくらい持ち合わせていない。名前だって顔だって思い出せない。また向こうだっておそらく、僕の名前も顔も覚えてはいないはずだ。〉

一人の女性のことを物語ろうとしているのに、その人の名前も顔も思い出せなく、さらにその女性の側も語り手の名前も顔も覚えていないだろうというのは、とても奇妙であり、二人の関係の希薄さを際立たせている。文字どおりの無名の関係性である。そのような女性について、あるいは関係についてそもそも物語る意味があるのかという疑問にすらかられる。

ところが、それだけ結びつきが薄いにもかかわらず、二人は肉体関係といういわば濃密な関係を持つに至り、そこには大きな飛躍がある。また一度それだけ近くなったのにもかかわらず、そこから新たな関係が展開し、継続するかというと、「名前だって顔だって思い出せない」というようにそんなことは全くない。その女性のことは完全に忘れ去られ、また何事もなかったかのように疎遠になってしまうのが印象的なのである。

語り手は阿佐ヶ谷に住んでいて、彼女の住まいは小金井にあった。送別会の後で、二人はバイト先のある四ツ谷駅から一緒に中央線に乗って帰宅の途につく。偶然に二人の帰る路線が同じで、同じ電車に乗ることになるというのは、この出会いの重要な要素となっている。偶然の重なりなしには出会いは生じない。偶然だけでは出会いは生じず、そこになんらかのアクションが必要になる。先に降車駅が訪れた彼が、電車から降りて別れを告げようとしたら、彼女は次のように尋ねる。

「ねえ、もしよかったら、今日きみのところに泊めてもらえないかな？」

「小金井までは遠いから」

彼女が彼の家に泊めてほしいと言い出すに至るまでに、語り手がその女性を秘かに魅力的に思っていたとか、それに伴い彼女になんらかのアプローチをしたとか、逆に女性が誘惑的であったとか、お互い何となく好意を感じていて会話が盛り上がったなどの、何の前段階もストーリー性もない。二人だけで一緒に時を過ごそうという女性の申し出は非常に唐突である。またその後の展開もないのである。その意味では、これまでもバイト先で顔を合わせていたとはいえ、これは純然たる出会いであり、一度限りの遭遇なのである。そこに何のロマンチシズムもない。また〈僕がとくに彼女を求めていたわけでもないし、彼女もとくに僕を求めていたわけでもなかった〉というように、欲望もない。

〈彼女はただその夜、一人で小金井まで電車に乗っていたくなかった――ただそれだけのことなのだ。〉

ここには納得させてくれるような理由がない。

犯罪事件の報道などを耳にすると、われわれはその動機や背後関係を知りたくなる。つまり合理的な理由がないものを受け入れがたいからであり、われわれのこころに収まらないからである。なんらかの動機や理由があると、それの結果がたとえ犯罪のようにありえないようなものであり、歪んだものであるとしても、われわれは多少とも納得し、安心するのである。しかしこの女性が語り手の家に泊まろうとしたのには納得させるような理由がない。あったとしても、「ただそれだけ」というように、「just so」なのである。そこにわれわれのこころを入り込ませる余地はない。

2 前近代の世界・近代意識・ポストモダンの意識

このような「ただそれだけ」という理由にならない理由による行動のあり方は、ポストモダン的な意識とあり方によると考えられる。カミュの『異邦人』において、主人公は殺人の理由を尋ねられて「太陽が眩しかったから」と答え、これも理由にならない「ただそれだけ」のあり方である。それは合理的な理由で生きている近代意識とも、共同体と神話的な世界が包んでいる前近代のあり方とも異なる。

前近代の世界においては、共同体のなかでいつも決まった相手と生活をしていて、お互いのことをよく知っているのが常であった。そのなかでは偶然の出会いというものは存在しない。結婚相手も親や親類が決めることが多い。共同体のなかの者と、いわゆる「よそ者」の区別ははっきりとしていた。しかし同時に、夜這い、聖娼《せいしょう》などによって、「まれびと」、神とつながることも可能であり、その意味では別世界のものとの遭遇があった。たとえば『遠野物語』は、そのような異界の存在との遭遇を見事に描いている。第五話のように、山で異界の女性と思われる者に猟師が遭遇し、いきなり撃って倒してしまうような話が残されている。

それに対して、近代意識とは共同体から自立して確立された個人の意識である。自分を包んでくれていた共同体とのつながりをなくし、自由となった意識は、新たにつながる相手を求める。それがロマンチック・ラブであると考えられる。近代意識の唯一性と連続性に対応して、その愛にも唯一性と連続性が求められ、一人の絶対的な相手への愛が求められる。また共同体からの分離に対応して、その愛の対象はしばしば共同体によって反対されたり、禁止されたりしている。その不可能に思えるものを乗り越えることが大切であり、物語となるのである。ヨーロッパの文学において描かれてきた、高貴な女性に対する騎士の宮廷恋愛や、ロマン派文学における永遠の女性に対する愛はそのような近代意識によるロマンチック・ラブである。夏目漱石の文学も、謎の、近づきがたい女性への恋を描いていることが多い。

それに対して、この短編での二人の間の愛には、前近代的関係も、近代的関係もない。二人は同じ職場にいたとしても、そこに共同体的なまとまりやつながりはない。辛うじてそれは送別会のようなものに現れてきているけれども、それも〈送別会というほどたいしたものではない〉。〈あれこれ世間話みたいなことをしただけだ〉と書かれているように、共同体の密なまとまりを感じさせるものではない。成員がそれぞれの人のことをよく知っていた前近代の共同体での関係とは全く異なって、お互いのことはあまり知っていないし、知ろうともしない。また突然の出会いが生じたとしても、この女性との出会いは前近代の世界のような異界の聖なる存在との遭遇ではない。それは自分のコンテクストを外れた、恣意的な相手との出会いであるけれども、その相手の背景に異界や神の世界も認められない。〈僕らは二本の直線が交わり合うように、ある地点でいっときの出会いを持ち、そのまま離れていった〉というのは、まさにポストモダン的な出会いである。

以前にも取り上げたことがあるが、[11] 村上春樹の『スプートニクの恋人』のなかに、夏目漱石の『三四郎』との比較をほのめかしながら、ポストモダン的な出会いの特徴を描写しているところがある。自らも重症の対人恐怖であった夏目漱石は、近代意識の確立に伴う苦悩を生きた人であると思われる。

対人恐怖というのは、日本人に典型的な心理的な症状で、今日の診断基準で社会不安障害と言われているものに近い。しかし社会不安障害とは異なって、家族などの親しい人や全く知らない人に対しては不安を感じることがないのに、近所の人や同じ学校の人などの少し知っている人が怖く思える症状である。つまり共同体的な人に対する不安と考えられ、それは共同体を出て、個人として自分を確立しようとするから不安が生じてくると考えられる。

三四郎は、九州から上京中の汽車で出会った女性に性的に誘われても応じない。それは近代意識特有の禁止が働くからだと考えられ、ロマンチック・ラブの基準を満たさないものは近代意識には受け入れがたいからである。そのときにだけ関係を持って、後は知らない存在になって捨ててしまうなどということは、近代意識の求める人格の連続性からすると許しがたいことである。仮にもしそのようなことをすれば強い罪悪感に襲われるはずである。

しかし『スプートニクの恋人』で語り手は、旅で出会った女性に誘われ、一夜を過ごす。女性のほうは、結婚を控えているが、「とても良い人よ」とその婚約者について語り、そこに近代意識なら抱きそうな葛藤や罪悪感がない。二人の男性は問題なくパラレルに存在している。この「石のまくらに」における関係も、全く相手のことを知らず、そこに何のロマンチックな感情もなく成立しており、何のためらいもないので、ポストモダンの意識に特有な関係と言ってよいであろう。

3　置き換え可能

一緒の駅で降りた彼女は僕の狭くてみすぼらしいアパートにやってきて、二人で缶ビールを飲む。時間をかけてビールを飲んでしまうと、〈当り前のように彼女は僕の目の前でするすると服を脱いで、あっという間に裸になり、布団に入った。僕もそのあとから同じように服を脱いで、布団の中に入った〉。〈お互いの身体が少しずつ温まり、堅さがほぐれていくのを、僕らは文字通り肌身に感じ取ることができた。それは不思議に親密な感覚だった〉。

ここの描写は、恋愛の物語に通常認められるような、誘惑の駆け引きやロマンチックさがなく、それに欲望の感じられないセクシュアリティが非常に印象的である。ここでも通常の関係やそれを描く物語に見られるような、エロチックな接近や誘惑のプロセスが全く欠けている。二人はあるタイミングになると一気に裸になり、一緒の布団に入っていて、セクシュアリティの接近が非常に直接的であり、即物的である。確かにそれは〈不思議に親密な感覚〉としか表現のしようがないかもしれない。

驚くべきことに、そのときに彼女は次のように僕に尋ねる。

「ねえ、いっ、いっ、いっちゃうときに、ひょっとしてほかの男の人の名前を呼んじゃうかもしれないけど、それはかまわない？」

『スプートニクの恋人』で語り手が一夜を過ごした場合には、女性には婚約者がいて、語り手と関係を持つというのがパラレルに存在していた。彼女はそれを後から打ち明ける。しかしここではその関係が少し異なる。語り手は彼女の名前も顔も思い出せない。彼女もおそらく語り手の名前も顔も後から覚えてはいないであろう。しかし彼女には好きな人がいて、その名前を呼びたいのだという。彼は「べつにかまわないけど」と同意する。〈要するにただの名前のことだ。名前で何かが変わるわけではない〉。

しかし名前はそれによって同一性をつくり出し、固定するものであり、恣意的なものではない。パスポートをはじめ、多くの秩序は名前で成り立っている。さらに前近代の世界では、名前は魔術的な力を持つ。名前を知られると、それを使ってコントロールされたり、悪用されたりするかもしれない。だから本当の名前を明かしてはいけないし、そのようなリスクを避けるために通称が用いられていた。その名残として、たとえば英語圏では、親は子どもを愛称で呼ぶ。そして子どもの正式の名前を使う場合とは、何かシリアスなことを伝えねばいけない状況なのである。また昔話において、真の名前を知ることで相手のことをコントロールし、うち勝つことになるエピソードは多い。たとえば日本の昔話の「大工と鬼六」では、主人公の大工が、橋を架けてもらった引き換えに目玉を取られるところを、「鬼六」という鬼の名前を盗み聴くことによって、鬼にうち勝つ物語である。現代のファンタジーであるが、ル＝グウィン作の『ゲド戦記』においても、真の名を知ることはその相手と結婚することであったり、相手をコントロールすることであったりする。「影」と戦っていたゲドは、その影が自分自身であることに気づき、「ゲド」と名を呼ぶことによって影を消滅させ、自分に統合することができた。

ところが「石のまくらに」では、交わっている相手とは別の人の名前を叫ぶことになる。つまり相手は置き換え可能なのである。彼女は「きみも、いくときにその人の名前を呼んでかまわないよ。私もそういうの気にしないから」と言う。語り手には当時好きだけれども、事情があって関係をうまく深めることができない女性がいたけれども、それはしない。近代意識が「唯一の私」と「それの唯一絶対の対象」を大切にするのに対して、ポストモダン的意識においては、「絶対の私」や「それの絶対の対象」は存在せず、対象は次から次へといわば恣意的に置き換えられていくのである。名前すら意味を持たない。

このように対象がとめどなくすべっていくように見えても、この場合には「好きな人」という定点があるようなのが興味深い。それが置き換えられていても、そこに戻ってはくるようなのである。

4　全体的人格と身体の部分

ロマンチック・ラブの特徴は、相手のかけがえのない唯一性であり、美しさと全体的人格の魅力である。ところが、この短編において、美しさは意味を持たない。彼女が好きだという男性は、「私のことがそれほど好きなわけじゃない。ていうか、ほかにちゃんとした恋人もいる」ということである。でも「彼はね、私の身体がほしくなると、私を呼ぶの」と彼女は言う。「おまえは顔はぶすいけど、身体は最高だって彼は言うの」

彼女が好きだという男性には、自分に恋人がありながら彼女と肉体関係も持っているので、恋人にしろこの彼女にしろ相手の存在の唯一性という観念はないし、また美しいということが重要ではない。これを受けて語り手の反応は、〈彼女がとくにぶすいとは思わなかったが、美人と呼ぶには確かにいくらか無理があったかもしれない〉というものである。美しいとか魅力的というのはロマンチックな恋愛関係の重要な要素のはずであるが、それが全く入ってこない世界なのである。ここには極度のアンチロマンチック・ラブが示されている。

語り手は続けて、彼女が〈具体的にどんな顔をしていたか、今となってはまったく思い出せなくて、細かい描写をすることはできないのだが〉としている。美しいかどうかだけではなくて、彼女の印象は薄いのである。それにもかかわらず、彼女のいくつかの部分的特徴ははっきりと描写されている。〈鼻の脇に小さなほくろが二つ、星座みたいに並んでいた〉

また性的行為の際に彼女が大きな声で男の名前を呼ぶのを抑えるために、彼女の歯のあいだにタオルを強く押し込んだ際に、歯がとても頑丈そうだったことは記憶に留められている。〈歯医者が見たら思わず感動してしまいそうなくらい〉とされている。つまり全体的人格や特徴が徹底的にあいまいであるのに対して、部分的な特徴は非常に細かく、鮮明に描写されている。別れ際に目に留まった、彼女のオーバーコートの丸い襟のところにスズランの花のかたちをした、銀色のブローチがついていたというのも、身体的なものではないが、同じように部分的な特徴である。彼女に対する語り手の気持ちが全く明らかにされないのに対して、〈スズランの花だけはなぜか昔から好きなのだ〉と好意的な感情が示されているのである。
「蝶のような人」というように、メタファーがある人の全体的な特徴を捉えたものであるのに対して、部分的な特徴へのフォーカスはメトニミー的なものである。「身体は最高」というのも、相手の全体的な存在を重視していない、メトニミー的なものであると考えられる。

この短編に限らず、村上春樹の作品においては、身体の部分に焦点を当てたメトニミー的な捉え方が目立っている。たとえば『羊をめぐる冒険』では、耳の形に特徴があるガールフレンドが登場する。『1Q84』における青豆は、少し頭の毛の薄くなってきている男性が好みである。ここには相手の男性の性格であるとか、全体的な雰囲気や美しさではなくて、非常に部分から相手を選択する傾向が見られる。相手の人格の全体性が重要でないポストモダン的な選択と関係は、全く恣意的なものになってしまう可能性がある。その際に身体のある特徴などがある種の歯止めとなって、選択するためのポイントとして出てくるのである。夢においても、登場人物や場面のある一部分の特徴だけが鮮明ということがあるが、これもメトニミー的なものであると考えられる。

5　媒介としての短歌

恣意的な出会いや置き換え可能な出会いというのは、村上春樹前期のポストモダン的な作品世界に近い。また、いわゆるデタッチメントからコミットメントへの転機があったとされる1995年以降の作品においても、前期のような人との出会い方はしばしば認められる。『1Q84』において、一人の主人公である青豆は、幼いころに出会った小説家志望の天吾との再会と恋愛を最後は成就させるものの、少し頭が薄くなった男性が好みで、物語の前半において委託を受けて男性を暗殺し、同時にワンナイト・ラブを繰り返していく。男性を殺すのも一夜限りの性的関係を持つのも出会いの一つの究極の形であると考えられるが、相手の男性は恣意的で置き換え可能であり、ただその部分的特徴によって恣意性に歯止めがなされている。この「石のまくらに」でも同じなのであろうか。

しかしながらこの作品が前期の作品世界における出会いの関係性と決定的に異なるのは、短歌という芸術作品が関係に介在し、二人の間で曲がりなりにも共有されるところである。一夜を共にした翌日の昼前に目をさまし、トーストなどを一緒に食べているときに、彼女は唐突に「私は短歌をつくっているの」と言う。彼はそれに興味を示し、彼が「ただ話を合わせているだけじゃない」ことを知った彼女は自分の作った歌集を一冊送ることを約束し、彼の名前と住所を尋ねる。そして彼が「本当に僕の手元に届くとは、ほとんど期待していなかった」にもかかわらず、一週間後に彼女の歌集は郵便で彼の所に送られてきたのである。短歌という芸術作品の共有ということ以前に、彼女が彼の名前と住所をはっきりと知ったのも、出会いという意味では大切であろう。同じようにして、歌集には本名かペンネームかもわからないが、作者の名前が「ちほ」と記されていた。名前も顔も思い出せない出会いというのと、ここで名前と住所によってなんらかの定点が生まれ、異なる様相を見せはじめていることがわかる。

これまで指摘してきたように、「パン屋再襲撃」では最初のパン屋の襲撃に際して、パン屋のオーナーがパンを渡すことの交換条件として求めてきたワグナーの音楽を観賞することを十分には共有できなかった。パン屋を襲撃した二人は、音楽を一緒に聴くけれども、こころから音楽を味わい、店の主人と共有したのではなく、それが出会いの生じなかったことの大きな理由と考えられる。それに対して「偶然の旅人」では同じディッケンズの小説『荒涼館』をピアノ調律師とカフェに来ていた女性が偶然に読んでいて、その作品の魅力を共有することをきっかけとして二人の深い次元の出会いと関係へつながっていった。何かの芸術作品を共有できることは、出会いにとって重要なのである。

この短編「石のまくらに」では、短歌が共有されている。彼は〈それなりの心の準備〉をして四十二首の短歌からなる歌集を読む。〈ただ少しばかり個人的な興味があっただけ〉で目を通したにもかかわらず、彼は〈そこにある短歌のいくつかに心を引かれている自分を発見することになった〉のである。つまり短歌は二人の間で真に共有されることになる。そしてしかも八首ほどは、〈僕の心の奥に届く何かしらの要素を持ち合わせていた〉のである。

そこでたとえばとして、次の二首が挙げられている。そこには死と背中合わせの強烈な今のときが謳われていて、凝縮された今とはまさに出会いを成立させるものである。

今のとき／ときが今なら／この今を
ぬきさしならぬ／今とするしか

やまかぜに／首刎《は》ねられて／ことばなく
あじさいの根もとに／六月の水

〈不思議なことだけれど、歌集のページを開き、そこに大ぶりな活字で黒々と印刷されたそれらの歌を目で追い、また声に出して読んでいると、あの夜に目にした彼女の身体を、僕は脳裏《のうり》にそのまま再現することができた〉という。

つまり名前も顔も思い出せない女性であったにもかかわらず、短歌を通してその女性が生き生きとよみがえり、二人は再び出会った、あるいははじめて出会うことができたのである。まさに芸術作品を通しての出会いである。

6　第三のものとしての短歌

この短歌は、二人にとっての「第三のもの」で、心理療法における夢や箱庭のように思えるのである。ユング派の心理療法においては、イメージが重視される。クライエントは語るだけではなくて、夢を報告したり、絵を描いたり、箱庭を作ったりする。通常の理解では、それらのイメージはクライエントのこころの内面の表現だと考えられ、イメージで内面が表現され、それが変化していくことでクライエントのこころも変容し、癒やされていくとみなされる。

しかしユングが適切に述べているように、[12] 夢や箱庭などのイメージは、クライエントの内面世界の表現にとどまらず、それはクライエントとセラピストの間に生じてきている第三のものであり、それこそがたましいなのである。ユング心理学において、個人を超えたこころが重視されるのは、何も内容的に神話的で象徴的なものに着目するからではなくて、このように第三のものとして布置されるからである。この「石のまくらに」においても、クライエントが夢を報告し、箱庭を作るように、確かに短歌は「ちほ」と歌集に名のっている女性が詠んだものであり、彼女の作品である。しかしこの作品が語り手の男性の「心の奥に」届く限りにおいて、これは単に彼女の作ったものではなくて、二人の間に第三のものとして立ち現れてきたものなのである。

第三のものは、単に二人で共有されるだけではない。むしろ共有されることによって、二人を包むものとなる。また二人の人間の関係が水平的なものであるのに対して、ここで短歌として現れてきている第三のものは垂直的なものである。「パン屋再襲撃」において、海底火山として現れてきた垂直的なパワーは、襲撃をするという水平的なものにストーリーの流れのなかで転化されていた。この「石のまくらに」では、相手に向かっていた水平的なものが、名前も顔も思い出せないというような空回りに終わるのに対して、短歌が垂直的な世界を開き、その垂直的な深まりを通じて二人を結びつけるのである。そのような垂直的な深まりと共有に基づくものこそ、本当の人と人との結びつきであると言えよう。

心理療法においても、二人の間の水平的な相互作用だけではなくて、夢やイメージなどの第三のものが開く垂直的な深まりによって、治療のプロセスは深まり、展開していく。この物語において短歌による深いつながりが、二人の関係を現実において変化させることはなかったにしても、短歌の開く垂直的な世界は、われわれ読者のこころに響くのである。

7　事後性の出会いと芸術の本質

「偶然の旅人」において、ディッケンズの『荒涼館』をピアノ調律師と女性が二人とも読んでいて、しかも興味を持って共有したことによって、二人の出会いと接近は生じた。それに対して、この短編「石のまくらに」では逆に、短歌という芸術作品は出会うためのきっかけではなくて、出会って別れてから共有されることになり、それを通して後から語り手は彼女を見出し、二人が出会い直している。

奇しくも彼女の短歌のなかには、出会いを歌っているものがある。

また二度と／逢うことはないと／おもいつつ
逢えないわけは／ないともおもい

会えるのか／ただこのままに／おわるのか
光にさそわれ／影に踏まれ

「また二度と／逢うことはないと」と詠まれているように、現実には二人は二度と逢うことはなかったかもしれない。けれどもこの短歌でさらに続けて「逢えないわけは／ないともおもい」とされているように、別の次元では二人は逢うことに成功しているようなのである。実際のところ短歌を読んだ語り手には、彼女との出会いが生き生きとよみがえり、その意味では二人は再会している。

現実ではきちんとした形で出会えていなかったので、〈あとに残されているのはささやかな記憶だけだ。いや、記憶だってそれほどあてになるものではない〉というものかもしれない。しかし〈それでも、もし幸運に恵まれればということだが、ときとしていくつかの言葉が僕らのそばに残る〉。つまり彼が彼女と会ったということは不確かであり、それは記憶にもはっきりと残らないかもしれないけれども、短歌に詠まれているようなことばが残るというのである。このような事後的な出会いと痕跡こそが、出会いと芸術（文学）の本質であると考えられる。ことばは、すなわち芸術は、深くこころに刻みつけられて残っていく。それが出会いをよみがえらせてくれる。

事後性ということばが示すように、多くの芸術は何かを見たり体験したりして、感動した結果として後から生まれるものかもしれない。実際の体験としてはそれほどのものではなかったり、消えていったりしても、そこから生まれた芸術は永遠に残ることがある。しかし彼女の短歌は、この二人の出会いを元に作られたのではない。それは二人が出会う前から存在している。むしろある意味では短歌が二人の出会いを作っている。

その意味で、短歌による出会いは単純に事後的なものと言うわけにはいかないであろう。それはむしろ前から存在していたものであり、それに沿って後から実際の出会いが生じたかのようである。個々人が何かの物語を持っていて、それに沿って体験が生じたり、出会いが生じたりということは比較的よくあるかもしれない。時には親との関係で生じたパターンから抜け出せなかったり、同じような悲劇的な恋愛を繰り返したりして、自分の物語の繰り返しにはまっていく人もいるかもしれない。しかしこれは短歌であって、物語よりももう一つ抽象度が高く、さらにはその短歌によって体験の振り返りと深まりが後から可能になるようなものなのである。

8　作中作品

村上春樹の長編において、作中作品によって、より深い次元に入ることがしばしば見られる。村上春樹の作品自体が、現実とは思えない不思議な世界を描いているかもしれないが、作品のなかの物語や作品は、さらに不思議な世界を物語っている。たとえば『スプートニクの恋人』においては、ギリシャの島での休暇中に忽然と姿を消したすみれが残していったフロッピーディスクのなかに書き留められた日記によって、なぜすみれが姿を消さねばならなかったか、彼女の愛したミュウの秘密の体験について、さらに二人の間にどのようなことが起こったのかが明かされる。『ねじまき鳥クロニクル』においては、そのような不思議な作中の物語がいくつも見られる。たとえば間宮中尉が語る、モンゴルでの戦争中の体験談は、生きたまま皮を剝がれるのを目撃した話など、非常に暴力的で奇妙であるけれども、その背景に前近代のイニシエーションの儀式を感じさせる。皮を剝ぐということは、蛇の脱皮があるように、死と再生の儀式であったのである。さらにはシナモンという緘黙《かんもく》の青年のコンピューターに残されていた不思議な物語がある。『1Q84』においては、ふかえりという謎の少女が書いた「空気さなぎ」の物語が作中の作品となって、不思議な次元を開いている。作中作品は、箱の中にさらに箱があるかのように、物語のさらに奥へと、こころのさらに深い層へと誘ってくれるのである。

「物語」を村上春樹がキーワードとしているように、村上春樹の多くの作品において、物語のなかの作品は「空気さなぎ」がその典型的であるように、物語の形をとっている。「偶然の旅人」においては、既成の小説であるけれども、ディッケンズの『荒涼館』が物語のなかの物語になっている。しかし物語のなかの作品は物語に限らない。『騎士団長殺し』においては、騎士団長殺しの絵がそのような役割を果たしている。「パン屋再襲撃」では、ワグナーの音楽がそれに当たる。物語ほどはっきりとしていなくても、村上春樹の作品のなかで使われている音楽が作品のなかの作品として重要な役割を演じていることは多い。

それに対して「石のまくらに」においては、女性による短歌集が、作中作品になっている。その短歌によって、出会いや、それを成り立たせている今という時間に、深い意味が与えられる。単なる行きずりと成り行き上の出会いに思われたものに、短歌ということばが深い意味を与えてくれるのである。

9　流されていてもコミット

「石のまくらに」での二人の出会いは、初期の村上春樹作品におけるデタッチメントの様相を呈していることが多い。一夜を共にしたのに、二人とも相手の名前も顔も覚えていないようである。一度関係ができたのにそれにこだわってコミットしていこうという姿勢がない。それは〈あくまで成り行きによる結びつき〉であって、そのときだけのもので、たちまちにして過ぎていってしまう。彼女の作っていた短歌の持つ意味というのが、唯一のデタッチメントからの違いのように見えることを考察してきた。

それでは近作であるにもかかわらず、『ねじまき鳥クロニクル』以降に重要となっていったコミットメントの要素は「石のまくらに」には見られないのであろうか。主人公・語り手はどこまでも流されていっているように見える。

しかしこの主人公は、表面的なところとは違う次元でコミットをしているようなのである。〈それでも、もし幸運に恵まれればということだが、ときとしていくつかの言葉が僕らのそばに残る〉と、記憶にも残らないかもしれない出会いにもかかわらず、ことばが残るとされている。〈生き延びた言葉たちは地表に密やかに顔を出す〉けれども、それは自動的に生じるものではなくて、そこにコミットが求められるのである。

しかしそのような辛抱強い言葉たちをこしらえて、あるいは見つけ出してあとに残すためには、人はときには自らの身を、自らの心を無条件に差し出さなくてはならない。そう、僕ら自身の首を、冬の月光が照らし出す冷ややかな石のまくらに載せなくてはならないのだ。

ここには主人公・語り手の強いコミットがうかがわれる。ことばを〈あとに残す〉ためには、〈自らの身を、自らの心を無条件に差し出さなくてはならない〉というのである。これはまさに命がけのことである。だから〈僕ら自身の首を、冬の月光が照らし出す冷ややかな石のまくらに載せなくてはならない〉とされているのである。

これはことばからできている芸術作品のためのコミットであり、また深い次元の出会いのためのコミットである。それは事後的にだけ可能なようでもあるし、また彼女が先に短歌を書いていたことからすると、実は流されている生き方が描かれているような前半にも存在していたと言えるのである。

第三章　別の出会いから本質としての謎「クリーム」

ポストモダン的出会いは、次から次へと出会いが移っていって、一つのものや一人の対象にとどまったり、そこで深まったりすることがない。ところがこの短編集『一人称単数』では、そのように次から次へと移っていく刹那《せつな》的なポストモダン的出会い、あるいは出会い損ねから思わぬ深い次元が現れてくることが描かれている。横滑りから突然に垂直の次元が開くとでも言えようか。「石のまくらに」においては短歌が深い次元を開いたが、「クリーム」においては別の出会いが生じてくると同時に、謎が重要な役割を演じている。

1　モラトリアムと隙間の出来事

この物語は、語り手が十八歳のときに経験した奇妙な出来事について、ある年下の友人に語ったという設定になっている。

既に「プロローグ」で指摘したように、何かの体験は、誰かに語られてこそ事実になる。たとえ客観的事実であったとしても、自分一人のなかでこっそり持っていてもそれは事実とならない。ユング派の分析家ギーゲリッヒも述べているように、だから心理療法において自分の辛い目に遭った体験、時には逆に自分がひどいことをしてきたことをセラピストに語ることに意味がある。セラピストに共有されて事実になることで、はじめてこころに収まり、物事が収まるのである。あるいは何年も前に犯した罪を、わざわざ自分から名のり出たりするというのも同じ理由であると考えられる。

この話が同い年や元同級生の友人ではなくて、年下の友人に語られるというのは、他にも意味があると考えられるが、それは最後にもう一度聴き手が登場するシーンで改めて考察したい。

この話のなかで僕は十八歳で浪人生という状況であった。これは高校生という状態から大学生という状態への移行期で、どこにも属していなくてオープンで、まだ何もはじまっていない状況である。もちろんこれまでも誕生してから高校まで生きてきたという過去があり、それによって既に固定化されて、もはや変えようがないものはあるけれども、これからはじまる大学生活、その後の社会人生活を前にして、まだまだ多くのことがオープンで可能性に満ちている状況である。しかもある大学や学部に入ろうというはっきりとした目的を持った熱心な浪人生ではなくて、〈予備校にも行かず、図書館に通って分厚い小説ばかり読んでいた〉という。いわゆるモラトリアムの状態にあって、何にもコミットしていないあり方と言えよう。

そんな年の10月の初めに、ピアノを一緒に習っていた一学年下の〈いわゆる美形〉の女性から、彼女がグループで開くピアノリサイタルへの招待状が届く。彼女とは同じ先生にピアノを習っていて、一度だけモーツァルトの四手のための小品を連弾したことがあったが、ぼくは十六歳でピアノのレッスンに通うのをやめて、それ以来彼女とは顔を合わせたことがないという。今になってなぜ急にそのような集まりに招待されるのかは意外で、それどころか戸惑わせられる出来事だった。しかも彼女は一緒に連弾をしたときにも、よく間違える語り手にいつも腹を立てていたので彼に対しては否定的な見方をしていたようであるし、少し美形の彼女が〈ぼくみたいなぱっとしない普通の男子〉である語り手に興味や好意を示すというのはありえないように思われることだった。

われわれは通常なんらかの予定のなかに組み込まれて生きている。

たとえば仕事をしていると、何時に出勤して何時に退勤し、その間にこなすべきタスクと予定がある。学校に通っていても時間割りがあったり、課外活動があったりする。帰宅してからもなすべきことがあり、家族との生活リズムがある。それどころか仕事や学校がない日においても、旅行や遊びの計画で埋められている。しかしこの主人公は、そのような予定とリズムにあまり組み込まれていない。もちろん通常の浪人生なら、忙しく勉強を進めていく計画と予定があったはずであるが、志望校もはっきりせず、ろくに勉強せずに〈一年間ふらふら時間をつぶしていた〉この主人公の場合はそうではない。このように予定が空いていて、空白があると、そこに何かが魔がさすように侵入してくることがある。通常なら次から次へと訪れ、こなさねばならない予定で詰まっているのに、そこに空白の時間があると、その間には意外なものが入り込む可能性があり、また時間を持て余しているだけについついそれに応えてしまうのである。

　このような空白は、大きな創造のためのチャンスになることもある。多くの大きな科学的発見は、ぼんやりとしているときにアイデアが生まれてきたことが報告されている。あるいは、荒唐無稽であったり、馬鹿げたアイデアや想像が浮かんできたりすることもある。いわゆる、暇だとろくなことがないと言われる事態である。彼の場合、昔一緒にピアノを習っていた女性からのコンサートの招待状が届き、特に勉強に追われていたわけでもないので、それに魔がさしたように応じてしまうのである。

　自分が突然にコンサートに招待された〈そのわけを――もしわけなんてものがあるなら――知りたかったということも、理由のひとつになっていた〉というのも興味深い。あまり目的も持たずに、行き当たりばったりに生きているような語り手にとっても、理由を求めるという気持ちというのは根深いようなのである。われわれは理由のないものはなかなか受け入れがたいし、理由があるとひとまず安心するのである。この物語は謎に対して理由を求めていくことから成り立っている。

2　準備と出会い損ね

〈招待されたのだから何か持って行かないとまずいだろうと思い、駅前の花屋で適当な花を選んで花束を作ってもらい〉、語り手はバスに乗って、神戸の山の上のコンサート会場をめざす。花束を事前に準備するのではなくて、駅前の花屋で買うという行き当たりばったりの適当さと、それでも何かを持って行くという気を使った配慮ができることが入り交じっているところがこの主人公の人物像と意識のあり方を表しているようである。気を使うという後者の特徴に呼応するかのように、赤い派手な花束を持っている自分をバスの周りの乗客たちがちらちらと見ている、あるいは見られている気がして、語り手は赤面する。これは典型的な対人恐怖の兆候であり、自意識の表れである。つまりこれだけ何も気にせずにポストモダン的に適当に生きているようでも、彼には近代意識が宿っている、あるいは残っていることがわかる。それが意識の入り交じりとして示されている。

花束を持ってバスに乗っていて〈どうしてこんなところにぼくはいるのだろう?〉と自問するところにも、自分に立ち返り振り返ってみるという自己反省の意識が見られる。ポストモダンの意識は基本的に先へ先へと進み、定点としての自分を持たないので振り返ることがないのに対して、自分に立ち戻るという近代意識的なリフレクションが見られるのである。

バスが山を上がっていくにつれて乗客は減っていき、〈指定された停留所に着いたとき、車中に残っているのはぼくと運転手の二人だけになっていた〉という。このあたりから、このコンサートの招待があやしいものである前兆が既に現れている。たとえ小規模なものだとしても、他にコンサート会場に向かう人がいて、同じバスに乗っていてもよさそうだからである。バスを降りてから葉書の指示通りに坂道を上がっていくが、さすがに〈漠然とした不吉な予感〉が膨らんでいき、〈何かがおかしい〉という気になる。なぜならばコンサートがあるにしても他に歩いている人はいないし、上に向かって自分を追い越していく車もなく、人の動きがないからである。しかし心配になって招待状で場所と日時を確認してみても、間違ってはいないようなのである。

ところがというか、やはりというか、〈ようやく目指す建物に着いたとき、その大きな両開きの鉄扉《てっぴ》が固く閉ざされていることがわかった〉。表札によると間違いなくコンサートの建物であるが、インターフォンを押すが誰も出ず、既に開始十五分前になっていた。もう一度インターフォンのボタンを押すも、何の反応もない。彼は〈重い鉄扉にもたれかかるようにして十分ばかりそこに立っていた。〉誰かが姿を見せるかもしれないという淡い期待にもかかわらず誰も現れない。〈そこでぼくはようやくあきらめ（それ以外にいったいなにができただろう?）、重い足取りでもと来た道を戻り始めた。〉

開催されるはずだったコンサートには誰も来ていず、会場も閉ざされたままで、招待してくれたはずの女性とも出会えない。これは見事な出会い損ねである。出会いというのは、思わぬ形で誰かに会うことを意味するけれども、これは過去の知っている人に招待されていたのにもかかわらず、思わぬ形で出会えなかったということなのである。そして自分がなぜ突然コンサートに招待されたのかの理由を知りたいというのが、招待を引き受けたことの重要な理由であったにもかかわらず、そもそもコンサートが行われる気配もなく、招待してくれたはずの女性に出会えなかったことで、本人に直接尋ねて理由を知るチャンスは失われてしまった。〈さっぱり事情がわからなかった〉というように、せっかく謎解きを求めてわざわざ彼女に会いに行ったのに、そのために謎はさらに深まっていくことになったのである。

3　謎への一つめの答え：絶対者と中心

仕方がないので帰宅の途につくと、少し坂を下ったところに小さな公園があり、語り手は気持ちを整理するために公園に入り、四阿《あずまや》の壁付きのベンチに腰を下ろす。そして自分がひどく疲れていることに気づく。これは訳のわからないことに直面し、いわば宙ぶらりんになっているための疲れであると考えられる。どうしてこういうことが起こったかの答えを求める心境で、ベンチに座る。いわば先に進まずにとりあえず立ち止まってみることで、そこからリフレクションがはじまるのである。

そうすると〈やがて遠くから人の声が聞こえて〉くる。仮にもしもこの短編が一つの夢ならば、ここで聞こえてきた人の声は、行き詰まって答えを求めたこころに応えて生じてきたとみなすことができる。実際に〈ひょっとしてそれはぼくに（ぼくだけに）向けられた個人的なメッセージかもしれない、ふとそう思った〉とか〈ぼくの間違いがどこにあったのか、ぼくが何を見落としていたのか、誰かがそれをわざわざ教えにきてくれたのだ〉という記述があり、語り手の心情に呼応して声が聞こえているように感じられる。夢の場合には、そのなかでの私に生じてくることは全て私への個人的メッセージであり、私のこころがつくり出しているものである。だから夢で夜道を歩いていて怖いと思っていると、その恐怖に呼応して獰猛な犬や暴漢が現れて、自分を襲ってきたり、追いかけてきたりする。ここでの人の声も見事に語り手の謎への答えを求める気持ちに応じたもので、心理的状態との呼応関係が認められる。

その声はキリスト教の宣教をする車からであったことがわかる。それは「人はみな死にます」ということと、「すべての人は死んだ後、その犯した罪によって厳しく裁《さば》かれます」という絶望的な事態を突きつけてくるものであった。そのように相手を追い込んだ後で、「しかしイエス・キリストに救いを求め、犯した罪を悔い改める人は、主によってその罪を許されます」という救いのことばが告げられる。

これは謎を突きつけられ、それに対しての説明を求めた語り手に対して与えられる、一つめの答えの試みであると考えられる。

〈ぼくはそのキリスト教の宣教車が目の前の道路に姿を見せ、死後の裁きについて更に詳しく語ってくれるのを待ち受けた。なんでもいい、力強くきっぱりした口調で語られる言葉を、おそらくぼくは求めていたのだと思う。〉

訳がわからず混乱しているときに、何かの説明や答えが与えられると、たとえそれが否定的なものであっても納得し、安心する気持ちになる。窮地に陥ると、ふだんなら信じないようなことでも藁にもすがるような思いで鵜呑《うの》みにしてしまうことがある。残念ながらそのような心理は悪用されがちで、与えられた答えと引き換えに法外な金銭を要求されたり、集団への服従を迫られたりしがちであるが。

ところが〈車は現れなかった〉。あるときから声は小さくなり、どこかの曲がり角をそれていったのか、何も聞こえなくなる。語り手は〈自分が世界中から見捨てられてしまったような気持ちになった〉。招待してくれたはずの女性に続いて、ここでも見捨てられることが繰り返されるような気分になっている。神の沈黙というか、神とのすれ違いと出会い損ねが起こっている。

この出会い損ねの理由を考えてみると、語り手にとって、キリスト教、あるいはキリスト教的な考え方が救いや答えではなかったのであろう。つまり、一神教の神という絶対的な中心を持つものは、この語り手には当てはまらなかったのである。〈力強くきっぱりした口調で語られる言葉〉を求めてはいても、明瞭な構造と救いを持つものは彼にとっては存在しないということなのである。

ヨーロッパで成立してきた自立した自我を中心とした近代意識は、歴史的には強力な一神教の神を背後に持っている。配慮したり赤面したりする語り手には近代意識の特徴も少し見え隠れするが、それと完全に同一視することはできない。また声が罪悪感を強調するのも興味深い。これも原罪など、キリスト教信仰のなかで重要なことであるけれども、罪悪感は自分が責任を負うことや、自分で自分を責めるというように自分と自分の関係を前提としている。

自分と自分の関係は、自分をダメに思う劣等感など否定的なものになりやすく、多くの心理的症状の源泉である。たとえばうつ症状は、自分で自分を責めて攻撃し、罪悪感を抱いて落ち込み、傷つくことから生じてくる。しかし罪悪感を抱き、それを神が救済してくれるという物語は、少しは立ち現れてきたものの、この語り手が同一視できる物語には至らなかったのである。

4　他者とその不在

〈ぼくは彼女にかつがれたのかもしれない、そこではっとそう思った。どこからともなくそういう考えが頭に浮かんだ〉。訳がわからない状況に陥ると、いろいろと苦し紛れに想像が働き、正しいかどうかもわからず、時には妄想のような場合もあるけれども、何かの説明を思いつく。語り手に浮かんできた説明は、彼女がなんらかの理由で自分を騙そうとして、架空のコンサートに招待したというものである。それは〈個人的な怨《うら》みなり憎しみ〉のせいかもしれないし、〈不快に思っていたのかもしれない〉し、単に騙して笑おうとしていたのかもしれない。怨恨かもしれないし、いわゆるドッキリのような愉快犯的なものかもしれない。謎の理由は彼女という他者のせいにされそうになる。これが謎への二つめの答えの試みとして浮かんできたものである。

こころにもやもやとした気持ちがあるときに、それは他者に投影され、他者のせいにされることが多い。不安になったときに親しい人に当たり散らすというのもその一つの現れであり、自分が忘れているだけなのに、見失ったものを誰かが取ったのではないかと疑いをかけるのもそうである。このメカニズムを心理療法における方法として利用しているのが、精神分析におけるいわゆる転移・逆転移である。クライエントは自分のなかにある怒りや依存心などの感情を、セラピストにぶつけていき、それによって治療が進展することを狙いとする。他者としてのセラピストが目じるしになるわけである。

しかしこの短編での語り手は、冷静で客観的で、彼女のせいにしていく考えに固執し続けていくことができない。〈それほど手の込んだ嫌がらせを、人はただの悪意からおこなえるものだろうか?〉と冷静に自問している。その際に、彼女に憎まれるようなことをした覚えがないとしつつも、〈でも人は自分では気がつかないところで、他人の気持ちを踏みにじったり、プライドを傷つけたり、不快な思いをさせたりすることがある〉可能性を検討しているのは興味深い。これは自分の気づいていないところでの他者との否定的な出会いで、この物語ではこの方向への展開はこれ以上進まないが、のちに扱う短編「一人称単数」ではこれが問題になっていくのである。

語り手は客観的に検討する能力があっただけに、彼女が自分を騙そうとしたと思い込んでしまうことはできず、謎へのこの二つめの答えも納得がいかずに消えていく。騙す他者が消滅したために、語り手は一人取り残されて〈感情の迷路〉に迷い込み、〈ぼくの意識は目じるしを見失ってしまった〉という結果になる。そして〈気がつくと呼吸がうまくできなくなって〉、過呼吸のような症状に襲われる。

当時は年に一度か二度くらいそういう症状に襲われることがあったが、〈成長するに従ってそういうことはなくなっていった〉し、また〈いつの間にか赤面もしなくなった〉というのは興味深い。つまり当時は自分の拠り所となる定点を求めていたからこそ、それが見当たらないと過呼吸のような、パニック障害のような状態になったし、また自分を意識し、主体の確立を目ざすなかで赤面するという対人恐怖的な様相を呈していたのであろう。思春期というのは、最も自意識が強まる時期であって、そのような症状が生じやすい。しかし近代意識の確立を目ざすのではなくなっていくのに伴い、そのような問題も消滅していったと思われる。それは年齢的なものもあるかもしれないし、日本人に代表的な心理的症状であった対人恐怖症が1980年代以降少なくなっていったように、時代的なものもあるかもしれない[13]。

5　別の出会い：老人

〈その場にしゃがみこんで目を閉じ、身体が正常なリズムを取り戻すのを辛抱強く待つ〉といういつもの方策を続けていると、目の前に人の気配があった。そろそろと目を開き、顔をあげると、〈向かい側のベンチにいつの間にか一人の老人が腰掛けて、まっすぐこちらを見ていた。〉

この話は、ポストモダン的な出会い損ねではじまった。招待されたコンサートは開催されず、昔一緒にピアノを習っていて、コンサートに出演するはずの女性に再会できるはずだったのに出会えなかった。ところがこの出会い損ねから、わざわざコンサートがあると信じ込んで会場とされている場所に来たために、その帰り道で思わぬ別の出会いが生じることになり、それがこの老人との出会いなのである。

一つの出会いから別の出会いへと移っていく。これは、ラカンが一つのシニフィアン（表象）は主体を別のシニフィアンに指し示すと言ったように次から次へと移っていくメトニミー的な動きに沿っている。それは出会った相手から自分に立ち返ってくる近代意識のあり方をしているわけではなく、次々と対象を変えて自分を振り返ることがないので、非常にポストモダン的なあり方である。ところがこの短編集『一人称単数』では、多くの物語で、別の出会いからさらに別の出会いに移っていくのではなくて、そこから思わぬ深まりと展開を見せるのが特徴的なのであり、それがこの物語ではここでの全く見知らぬ老人との出会いなのである。

それにしてもこれは不思議な出会いである。『1Q84』における青豆が、一夜だけを共にする男性を求め、次から次へと出会いの対象を移していくように、ポストモダン的出会いが欲望に沿って恣意的に対象を取り替えるという側面を持っているのに対して、若い女性との出会いに失敗した後に登場するのが別の女性ではなく、見知らぬ老人という全く意外な人物であることが興味深い。しかもこの老人は通り過ぎていく通行人ではなくて、〈まっすぐこちらを見ていた〉とか〈視線はこちらに向けられたまま、いっときも揺らがなかった〉というように、はっきりと語り手をターゲットとし、出会いにきているのである。

語り手は〈痩せた中背〉の老人を観察し、〈青灰色の毛糸のカーディガン〉などの纏《まと》っていた服装を詳しく描写する。そしてその服装に対して〈どれをとってもそれらが新品であったときから、少なからぬ歳月が経過しているように見える。でもみすぼらしく見えたわけではない〉というのは言い得て妙である。ここには、歳月の経過と、既に過ぎ去ってしまった寂しさと同時に、何かのエネルギーが残っていることが感じられるのである。〈固く畳まれた黒いコウモリ傘をステッキのように両手にしっかり握っていい〉て、その傘が〈いざというときには武器にもなりそう〉というのも、ステッキが必要となる年齢による足腰の衰えと、武器になりそうな傘を握っている力に満ちた様子の両面があるのを示していて、服装の描写に相応している。

6 謎——中心がいくつもあって、外周のない円

老人は視線をこちらに向けたままで沈黙していた。そして〈唐突に口を開いた。「中心がいくつもある円や」〉。これが、語り手を沈黙のままターゲットにしていた老人からの出会いのことばである。語り手が何も言えずにいると、老人は再び「中心がいくつもある円や」と静かな声で繰り返す。わけがわからない語り手は、「円ですか？」と尋ねた。それに対して老人は次のように答える。

「中心がいくつもあってやな、いや、ときとして無数にあってやな、しかも外周を持たない円のことや」と老人は額のしわを深めて言った。「そういう円を、きみは思い浮かべられるか？」

語り手は考えを巡らせてみたが、中心がいくつもあって、しかも外周を持たない円など、思い描くことはできなかった。コンサートが開催されなかった、それに招待してくれた彼女に会えなかったという謎を抱えて答えを求めていた語り手は、ここでまた別の謎に出会うわけである。語り手は老人に「わかりません」と答え、「そんな円のことは数学の授業では習わなかったと思うし」と付け加える。それに対する老人の答えが当を得ている。

「ああ、もちろんや。あたりまえのことや。学校ではそんなことは教えてくれへんからな。ほんまに大事なことはな、学校なんかではまず教えてくれんのや。きみも知ってのとおり」

主人公は、高校を卒業したとはいえ、いまだに何でも学校で教えられて、学ぶことができるという子どものようなあり方から抜けていない。彼はまだ大人へと、社会への移行期にいる。学校では本当に大事なことは教えてくれないということを認識していない。

そのような円が実際にあるのか、見えるのかという語り手の問いに老人は「誰にでも見えるわけやない」と前置きしてから、次のように答える。

「ええか、きみは自分ひとりだけの力で想像せなならん。しっかりと智恵をしぼって思い浮かべるのや。中心がいくつもあり、しかも外周を持たない円を。そういう血のにじむような真剣な努力があり、そこで初めてそれがどういうもんかだんだんに見えてくるのや」

まさに学校で教えてもらうのではなく、人生は自分の手でつかみ取らないといけないのである。「むずかしそう」という語り手の発言に対して、老人はむずかしいけど、「時間をかけて手間を掛けて、そのむずかしいことを成し遂げたときにな、それがそのまま人生のクリームになるんや」と答えるのである。つまりこの謎こそが、そしてそれを解くことが人生の本質だというわけである。老人はさらに、フランス語の「クレム・ド・ラ・クレム」という表現を説明する。クリームの中のクリーム、つまり「とびっきり最良のもの」、「人生のいちばん大事なエッセンス」という意味で、それ以外は「みんなしょうもないつまらんことばっかりや」と言う。

老人に、中心がいくつもあって、しかも外周を持たない円のことを目をつぶって考えるように促されて、語り手はもう一度目を閉じ、その円を思い浮かべようとする。しかし彼が考えることのできる円は、〈中心をひとつだけ持ち、そこから等距離にある点を繋《つな》いだ、曲線の外周を持つ図形だった〉。彼にはまだ学校で学ぶことのできる常識的なことを超えることができない。必死に考え続けた末に、あきらめて目を開けてみると、もう老人は姿を消していた。幻を見ていたのではなくて、〈彼は間違いなく目の前にいて、雨傘を堅く握りしめ、静かな声でぼくに語りかけ、不可思議な問いかけをあとに残していった〉のである。彼が老人との出会いと、その謎のような問いかけのリアリティを強調しているのは大切であろう。老人は去ってしまい、その意味ではこれも出会い損ねかもしれない。語り手には謎だけが残された。

7　共有されるものとしての謎

語り手は、なぜ自分が招待されたのかが不思議で、その理由が知りたいためもあって、一緒にピアノを習っていた女性のコンサートにやって来た。しかしコンサートは開催されず、その女性から答えを知ることができなかったばかりか、なぜありもしないコンサートに招待されたのかと謎はますます深まるばかりであった。そのときに出会ったのがこの老人であり、彼の投げかける謎である。謎は解かれるのではなくて、より不思議な謎に出会うことによって深まっていくのであり、それが答えなのである。まさに錬金術師が「曖昧なものをより曖昧なもので」と言うようにである。

出会いにおいて芸術作品などの共有されるものが大切で、「偶然の旅人」ではディッケンズの小説『荒涼館』で、「石のまくらに」では短歌であった。それによって出会いの次元は思わぬ深まりを見せる。この短編で共有されるものは芸術作品ではなくて、「中心がいくつもあって、外周がない円」という謎である。この謎によって、謎が共有されることで老人との出会いが生じているのである。あるいは老人に出会えた結果として謎が共有されたとも言える。

そもそもが、コンサートに招待されたという謎からはじまって、コンサートに行ってみたものの誰もいなくて狐につままれたようで謎が深まり、さらに老人の投げかける謎が出てきているので、この物語では謎がテーマであり、主人公であるとさえ言えよう。〈あっさり捨ててしまうには（中略）値段の張るものだった〉ために、恥ずかしくても家に持ち帰ろうとしていた赤い花束を、老人に出会ってから気が変わったのか、語り手は四阿のベンチに残していき、〈そうするのがいちばん正しいだろうという気がし〉たとしている。まさに花束は出会いの生じた場所と謎に捧げられたのである。

それにしてもこの「中心がいくつもあって、外周がない円」という謎は何を意味するのであろうか。

その直前に聞こえてきたのはキリスト教の宣教をする車からの声であった。既に指摘したように、キリスト教は一神教で、一つの絶対的な中心を持つ。それは自我を中心とし、しかも個人として閉じている西洋近代のこころや意識のモデルとなっている。その意味でそれはこころの中心とその境界をはっきりとさせているモデルで、図式化するなら一つの中心を持ち、そこからコンパスで描くように円周を持つ図形になるだろう。また西洋以外のコンテクストでも、マンダラがしばしば盧舎那仏《るしゃなぶつ》などの明らかな中心を持っているように、こころのモデルとして、たとえ自我ではなくても一つの中心を持ち、クリアな円周を持つものはかなり一般的であろう。古代ギリシャの世界観において世界はオケアノスという蛇のような海で囲まれていた。これも中心が一つかどうかは別として、閉じられた世界である。

それに対して「中心がいくつもあってやな、いや、ときとして無数にあってやな、しかも外周を持たない円」とは、ポストモダンの意識を表すものではないだろうか。ポストモダンのこころにはいくつも中心があって、しかも近代意識のように個人のなかで閉じていない。たとえば、ネットで様々なハンドルネームで様々な自分となり、様々な人と交流することができる。年齢や性格、それに性別さえも、生物学的な自分や日常の自分と意識的にも無意識的にも全く変えてしまうことが可能である。そのことによって、様々な関係に対してオープンになって、その外周は閉じていない。それはもはや図に描けない「人の意識のみに存在する円」なのである。

神話や昔話において、謎を解くように求められることは多く、それを解くことによって結婚ができたり、怪物に打ち勝つことができたりする。たとえば通りがかる人にスフィンクスのかけた「はじめ四つ足、次に二つ足、最後は三つ足のもの」という謎は有名で、それをエディプスが解いてスフィンクスを打ち倒すことになる。存在やこころについては、それ自体がつかみがたいものであることもあって、しばしば謎で、しかも解けない謎で表現されてきた。たとえば古代から存在する円積問題というのがよく知られている。これは円に等しい面積の正方形を求めるというバビロニアの時代から存在する問い、あるいは謎である。これはのちに円周率が超越数であるために実現不可能なことがわかったが、多くの人がこの問題に取り組んだ。数学的な問題としての意味は別として、これは円（天上の世界の原理）を地上（四角）にいかにしてもたらすかを示す問いかけであり、謎であると考えられる。あるいは禅における公案なども、存在やこころについてかけられている謎とみなすことができよう。

ここでの謎について、語り手は〈これまでの人生で、説明もつかないし筋も通らない、しかし心を深く激しく乱される出来事が持ち上がるたびに（中略）、ぼくはいつもその円について――中心がいくつもあって外周を持たない円について――考えを巡らせた〉としている。この謎は人生そのものであり、スフィンクスの問いへの答えが「人間」であったように、自分自身であり、またその謎を解くことが他者に出会うことなのであろう。

8　老人と少年、世代

語り手は、茫然自失の状態のときに公園で老人に出会うことによって、この謎を共有することになる。そしてこの短編は年下の友人に語っているという形式を取っているので、不思議な体験を彼に語ることによって、それは伝えられ、共有されていく。語り手が老人に出会うことによって〈中心がいくつもあって、しかも外周を持たない円〉という謎を知り、共有したように、語り手が年下の友人に自分の体験を語っているのは意味があると考えられる。つまり老人から聞いた謎を、さらに若い世代に語り継いでいて、そのために語られる相手は自分より若い必要があったのである。あたかも禅の牧牛図の最後の図絵で、老人と若者が出会っているように。

年下の友人は、あまりに不思議なことが多い話の筋がうまくつかめないので、「そのとき実際に何が起こっていたの」か、「そこには何か意図なり原理なりが働いていたの」かを尋ねる。十八歳のときの語り手が、自分が招待された理由を知ろうとし、なぜすっぽかされたのかの理由を知ろうとしたのと同じように、年下の友人は明確な理由や原理を知ろうとしている。でも年齢を経た語り手は、「原理とか意図とか、そういうのはそこではさして重要な問題ではなかったような気がする」として、「時間を経て、距離を隔てて眺めてみると、みんなだんだんどうでもいいつまらないことに思えてきた。それは人生のクリームとはなんの関わりも持たないことなのだろうと」と答えるのである。ここでの語り手は、十八歳のときに出会った不思議な老人の立場に立ち、同じような趣旨のことを年下の友人に語っているのである。

そして「中心がいくつもありながら外周を持たない円」の解答のようなものが見つかったかどうか年下の友人に最後に尋ねられて、語り手は「どうだろう」と答えながら、その謎について振り返り、思いを巡らせている。〈心を深く激しく乱される出来事が持ち上がるたびに〉その円について考えを巡らせたとか、〈心から人を愛したり、何かに深い憐れみを感じたり、この世界のあり方についての理想を抱いたり、信仰（あるいは信仰に似たもの）を見いだしたりするとき〉に〈その円のありようを理解し、受け容れることになるのではないか〉というのは示唆的である。どうもこの謎は、こころがポジティヴな形にしろネガティヴな形にしろ、極限状態に入り、揺り動かされるときに現れ、明らかになるようなのである。

語り手が年下の友人に自分の不思議な体験と謎について語ることによって、それはさらに読者へと、さらに若い世代へ伝わっていく。それはこの円と同じように外周を持たず、閉じずに広がっていくのである。

第四章　別の出会いと癒やし「ウィズ・ザ・ビートルズ　With the Beatles」

「クリーム」では出会い損ねから老人との思わぬ別の出会いに至り、そこで出された謎に揺り動かされることで、出会いは深まっていった。この「ウィズ・ザ・ビートルズ　With the Beatles」でもガールフレンドの自宅を訪れたのに不在で出会い損ねたために、彼女の兄との別の出会いに至るが、それが兄の癒やしにまでつながるのである。

またこの物語は、思春期における出会いを扱ったものだとも考えられる。その点についても検討したい。

1　出会いと思春期

語り手は、同じ高校に通っていた少女との一度だけの出会いを美しく描写している。

彼女は学校の廊下を一人で早足で歩いていた。スカートの裾《すそ》を翻《ひるがえ》しながら、どこかに向けて急いでいるようだった。僕は古い校舎の長く薄暗い廊下で、彼女とすれ違った。我々二人の他にはそこには誰もいなかった。彼女は一枚のレコードをとても大事そうに胸に抱えていた。「ウィズ・ザ・ビートルズ」というLPレコードだ。

それに対する語り手の反応は次のようである。

〈僕はそのとき彼女に強く心を惹かれた――LP「ウィズ・ザ・ビートルズ」を胸にしっかりと抱えた、その名も知らない美しい少女に。〉

ここでまず、相手の少女だけの描写とそれに強く惹かれた自分の気持ちがあり、それから自分の心理・反応に移る。

心臓が堅く素速く脈打ち、うまく呼吸ができなくなり、プールの底まで沈んだときのようにまわりの音がすっと遠のき、耳の奥で小さく鳴っている鈴の音だけが聞こえた。誰かが僕に急いで、重要な意味を持つ何かを知らせようとしているみたいに。でもすべては十秒か十五秒か、そんな短い時間の出来事だった。それは唐突に持ち上がり、気がついたときには既に終了していた。そしてそこにあったはずの大事なメッセージは、すべての夢の核心と同じく、迷路の中に見失われていた。

ここには何か永遠のものとの瞬間での絶対的出会いが見事に描かれている。それは絶対的で衝撃的であると同時にとても短くて、瞬く間に失われてしまう。そして永遠性との絶対的出会いのしるしとしての「鈴の音」が鳴るということが示される。村上春樹の作品においては、絶対的な出会いというのが重要なモチーフとして登場する。短編「四月のある晴れた朝に100パーセントの女の子に出会うことについて」も、そのような出会いを扱っている。「僕」は原宿の裏通りでその女性に遭遇するのだが、〈50メートルも先から僕にはちゃんとわかっていた。彼女は僕にとっての100パーセントの女の子なのだ。彼女の姿を目にした瞬間から僕の胸は地鳴りのように震え、口の中は砂漠みたいにカラカラに乾いてしまう〉とされている。ここでは出会いが絶対的であることが、「100パーセント」という数値で表されている。しかし、この絶対的な出会いとは何なのであろうか。

このような出会いは思春期に特徴的なものであるが、それに至るまでを少し考えてみよう。発達段階として、まず前思春期の十歳頃にはじめて自分についての意識、つまり自意識ができることが知られている。それは外から自分を見る意識であり、他者から自分を見る意識である。それに伴って自立や同等や同類のものとの親しい関係、いわゆるチャムシップというのが成立する。十歳のころの激動、チャムシップ、自意識の成立は、『思い出のマーニー』、『ぼんぼん』、『マリアンヌの夢』など多くの児童文学で描かれており、河合隼雄も度々十歳の意味について言及しているが[14]、村上春樹の作品においても、この十歳というのは何度も現れている。たとえば『1Q84』において、十歳というのは大きな意味を持つ。青豆は小学校五年生のときに、決心して両親の元を離れ、母方の叔父の一家に逃れる。天吾は、N

HKの職員であった父に「もう二度と一緒に（集金に）行かない」と自分の自由を宣言したのも十歳である。ふかえりが宗教的なカルト集団から逃れるのも十歳で、ここにも自立の動きが認められる。

このように前思春期の十歳のころに自分が確立し、同等のものとの関係を体験した後で、思春期において確立した自分が全く異質の他者と出会うようになる。思春期になると、悪夢のような追われる夢をよく見るようになるのが知られている。これまで自分というものの自覚がなかったのに、前思春期における自意識の確立などを通して自分ができてくると、それが脅かされるのではという気持ちが生じてくる。自分がないと、自分が脅かされるとは思わない。それが自分ができてくると、夢における追いかけてくる動物、暴漢などの怖いイメージとなって他者が現れてくるのである。それは自分を襲ってきて破壊し、消滅させるような圧倒的な他者であり、その意味では超越的な世界やあの世を体現している。だからそこには恐怖だけではなくて、魅惑や憧憬の感情が認められる。

宗教学者のルドルフ・オットーは、聖なるものの現れを「das Ganz Andere（絶対他者）」と呼び、そこに魅惑（facinans）と恐ろしさ（tremendum）という両極の感情が同時に現れているとした[15]。思春期における他者の現れには、宗教における聖なるものの現れと同じような、恐れと魅惑の入り混じった圧倒されるような感情が認められるのである。そして前思春期におけるチャムが同性であり、いわば自分と同類であったのに対して、絶対的な他者として思春期に現れてくるのは多くの場合は異性であり、セクシュアリティとして現れてくるのである。ヨーロッパにおけるロマン派文学の描いたものは、この絶対的な他者としての異性像であったと思われ、また、ユング心理学において無意識における異性像のイメージが「アニマ」、「アニムス」として重視されるのも同じような意味を持っている。

2　思春期と二つの死

絶対的なものの現れと出会いは、この短編での描写が示すように美しく、まさに全存在を揺さぶるものであるけれども、その激しさゆえに確立されていたはずの自分を打ち壊してしまうこともある。それは死や狂気に近い。

思春期危機ということが言われるように、まさにこのような絶対的な他者の現れ、侵入、それへの憧れによって、これまでのこころの構造が破壊されてしまい、狂気に陥ることがある。「ウィズ・ザ・ビートルズ」での少女との出会いの感覚は、短い間しか続かなかったけれども、もしもそれが続いていくと、発病に至ったり、本人がメンタル的に完全に破壊されてしまったりすることすらある。精神病理学者であり、優れた精神科医であって、とりわけ統合失調症の病理と治療に画期的な成果を残した中井久夫は、誰でも短い時間なら統合失調症になれるとしている。[16] つまり、このような圧倒的な他者との出会いは統合失調症的なものであるけれども、ほんの短い間のことなら異常とは言えないのである。これが持続してしまって、「あのときの彼女は自分に微笑みかけた」とか、「彼女は自分のことを好きに違いない」などと勝手に思い込んでいくと、妄想に発展し、時にはその妄想を確信して行動して、ストーカーと化してしまうかもしれない。

あるいはこの圧倒的な他者が侵入してくるのではなくて、その他者の領域に行ってしまおうとすると、異界に迷い込んでしまうかもしれない。精神科医の笠原嘉《よみし》が「出立の病」[17]という表現で指摘したように、統合失調症は思春期に、修学旅行に行ったり、海外に行ったりしたときに発病することがある。それはこれまで慣れ親しんだ世界と違う世界に行くことが、自分が全く知らない異界を訪れ、そこへ旅立ってしまって戻ってこられないように感じられるからである。心理学者の田中康裕の示している事例では、二十代前半の男性が「あちら側の異変を確かめるために佐渡島へ渡り、そこで海に沈む夕日を見たとき、太陽の形がわずかだが、歪んでいることに気づく」。その後本州に戻ったものの、世界が全く異質のものに変わってしまっていた。そこで何度も往復切符で佐渡島に渡って本州に戻ることを試みたものの、二度と元の世界に戻れなかったという。[18]このような異界体験は、死と結びやすく、異界に旅立とうとして自殺してしまうことすらあるのである。

他者の現れに圧倒されるか、他者のところに行ってしまって戻れなくなるか、いずれにしろ思春期の絶対的な他者の現れが死につながることがある。多くの文学がそれを描いていて、たとえばゲーテの『若きウェルテルの悩み』でも、シャルロッテという絶対的な異性の存在に魅せられてしまった主人公のウェルテルは、自分の恋が不可能であることを悟って死を選ぶのである。

思春期に関連してはもう一つの死がある。ここでの少女との出会いは〈唐突に持ち上がり、気がついたときには既に終了していた〉とされている。つまり永遠の瞬間は続かないし、だからこそわれわれは狂気や絶望に陥ったりせずに生き続けていくことができるのかもしれない。しかしそれに加えて、そのような絶対の出会いが生じる思春期は終わっていく。人間学的な立場から精神病理学を展開した木村敏《びん》は、統合失調症の「ante festum」、つまり祭りの前の予感に対して、うつ病に典型的な「post festum＝あとの祭り」ということを提唱した。[19] 予感に満ちた思春期はいつしか終わっていって、あとの祭りとなってしまう。

この短編のなかで語り手は、自分が歳をとるよりも、かつての少女たちが年老いてしまったことに悲しい気持ちになっている。そして悲しい気持ちになるのは、〈僕が少年の頃に抱いていた夢のようなものが、既に効力を失ってしまったことをあらためて認めなくてはならないから〉としている。〈夢が死ぬというのは、ある意味では実際の生命が死を迎えるよりも、もっと悲しい〉としているように、人間においては価値の転倒が見られ、実際の死よりも美しいものがなくなる死のほうが深刻であったりする。いずれにしろ思春期にはその輝かしさがなくなっていくという死がつきまとうのである。

3　出会いと介在するもの

その少女と劇的な出会いをしたときに、少女はビートルズのジャケットを抱えていた。〈もしビートルズのジャケットを欠いていたなら、僕を捉えた魅惑も、そこまで鮮烈なものではなかったはずだ。音楽はそこにあった〉とされている。これまでも確かめてきたように、出会いにはたいてい介在し、共有されるものがあることが大切である。先に触れた「四月のある晴れた朝に１００パーセントの女の子に出会うことについて」でも、100パーセントの女性はこのシーンに似て〈まだ切手の貼られていない白い角封筒を右手に持って〉いたが、白い角封筒から共有されるものが生まれてくるのは困難であるし、出会いは単なるすれ違いに終わってしまう。共有されるものは、「石のまくらに」では出会いに関しては事後的で、後から知ったとはいえ、女性が詠む短歌であったし、「パン屋再襲撃」での一度目の襲撃ではワグナーのレコードであったし、「偶然の旅人」ではディッケンズの『荒涼館』という小説であった。この短編でも、のちに思わぬ出会いになった最初のガールフレンドのお兄さんとの出会いにおいても、芥川龍之介の小説が関係に介在し、二人の間で共有される。共有されるものは芸術作品が多いようであるし、また共有のされ方によって、出会いは深まったり、すれ違ったりするようである。

介在されるものが大切であるためか、ここでは省略するが、語り手はビートルズ、および「ウィズ・ザ・ビートルズ」というレコードについての長い描写を続けている。ビートルズが世界的にすさまじい人気を博するようになったのは、語り手がその少女を目にした前の年のことだったという。その意味では語り手は少女と共に時代の熱狂を共有している。しかしビートルズの輝かしい成功について詳しく述べているにもかかわらず、むしろクラシックとジャズを好んでいた語り手はビートルズの特に熱心なファンであったのではなくて、少女が持っていたレコードのアルバムを最初から最後まで聴き通したのは少女との出会いからずっと後の三十代も半ばになってからだったという。これも非常に意外なことである。たとえビートルズにあまり興味がなくても、とてもこころを惹かれる出会いをした少女が手にしていたレコードを、何かつながりの手がかりを探すように求めてみたり、その音楽を聴いてみたりするのが当然のように思われるからである。それは少女へのコミットの証しである。そしてそのレコードを初めて聴いてみて、それが決してすばらしい音楽とは思えないという感想すらもらしている。このあたりにも、二人が本当の意味でビートルズの音楽を共有したのではなくて、二人の間の出会いが瞬間的なものに終わってしまったのにも納得がいくように思われるのである。共有のされかたも思春期らしく、内容に立ち入ったものではなくて、とても雰囲気的なものであったようである。そして思春期の出会いというものは、そのときには衝撃があるだけで、ビートルズのレコードのように何年も経って振り返ってみてはじめて実感できるものなのかもしれない。

　内容的に重要ではなかったにもかかわらず、意外にもビートルズのジャケットを少女が抱えていなかったならば、〈僕を捉えた魅惑も、そこまで鮮烈なものではなかったはずだ〉とされている。しかも〈しかし、本当にそこにあったのは、音楽を包含しながら音楽を超えた、もっと大きな何かだった〉という。つまり介在するものは二人の人をつなぐのではなくて、もっと大きな何かに媒介している。それこそが聖なるものそのものなのであろう。しかし思春期に現れてくる聖なるものは予兆に終わり、直接には現れないのである。

　この少女との出会いは瞬間に終わったけれども、もしも語り手が村上春樹自身だとすると、のちにジャズ喫茶を開いたりして、音楽の世界は人生のなかで展開していったのである。

4　最初のガールフレンド

語り手は、高校一年生のときに、ビートルズのジャケットを抱えた少女との衝撃的な出会いを体験する。しかしそれはその後にも何回かその少女の姿を認めたりとか、何か近づく機会があったりとかして、二人の間の思いや関係がなんらかの形で展開したのではなく、それどころか同じ校内にいるはずのその少女と二度と巡り会わなかったようである。これもひょっとすると、『思い出のマーニー』における謎の少女マーニーがアンナにとっての想像上のチャムであったように、語り手にとってだけ存在した、想像上の美化された異性かもしれない。

それに対して語り手は、その翌年の高校二年生になってふとしたきっかけから同級生のガールフレンドと実際に付き合うようになった。彼女とは実は一年生のクラスでも同級だったのだけれども、そのときはいわば何もなかったのだが、二年生になってから付き合うようになったのである。それは小柄でチャーミングな少女であった。

〈その年の夏休み、僕は彼女と週に一度はデートをした。ある日の午後、僕は彼女のふっくらとした小さな唇にキスをして、ブラジャーの上から彼女の乳房に手を触れた。〉

いかにも思春期らしい、新鮮で初《うぶ》な付き合いである。これも思春期の他者や性を伴った異性との出会いであるが、先のビートルズのジャケットを抱えていた少女との場合のような聖なるものとの出会いとかなりニュアンスが異なる。ガールフレンドは一度きりの瞬間的な出会いに終わった少女とは違って、現実の時間の流れのなかで付き合い、触れあうことができる。しかし現実的であるからこそ、今度の関係は純文学がいきなり大衆小説やライトノベルになったような、軽くてありきたりの雰囲気を醸し出しているのである。

彼女はビートルズにもジャズにも興味がなく、彼女の自宅で会うときにはイージーリスニング系の音楽をいつもかけていた。この音楽のジャンルも彼女の甘味で軽やかで一般受けするものの、しかし何か深みに欠ける存在を暗示するようになっている。音楽をかけながら、彼女の家で〈僕らはソファの上でキスをした〉。家族がどこかに出かけていて、〈僕らは家の中に二人きりだった〉。そういう場合、そこでどんな種類の音楽がかかっていたとしても、はっきり言ってどうでもいいことだった〉とされている。

語り手はガールフレンドとの関係にすっかり夢中になっていた。しかしそこには介在するもの、共有されるものがない。あるいは何かが共有されていたとしても、〈はっきり言ってどうでもいいことだった〉とされているように、インパクトや重要性に乏しかったのである。今でもパーシー・フェイス楽団が演奏する『夏の日の恋』が聴こえてくると、彼女と一緒に座っていたふわふわの大きなソファのことが思い浮かぶというように、音楽は甘い追憶と結びついている。しかしそれは全く別次元の深みに誘うものではないようである。それは後から指摘される、彼女との間では鈴の音が聞こえなかったというポイントにもつながる。

彼女は嫉妬深いと言う。でも当時の僕にはうまく想像つかない。〈そんなことより、自分の気持ちのことでとにかく頭がいっぱいだった〉というのが語り手の正直な感覚である。これも思春期に特徴的なあり方を見事に示している。つまり自分のなかの自分勝手なイメージや感情が大切であって、相手のことを考える余裕がなく、その意味では相手の存在を尊重し、理解した本当の人間関係ではないのである。

5　様々な物語——大きな物語と小さな物語

１９６５年に語り手にはじめてのガールフレンドができたことの前置きのように、その年にアメリカ合衆国のジョンソン大統領が北爆開始を指令し、ヴェトナム戦争が一気にエスカレートしたこと、西表《いりおもて》島でイリオモテヤマネコの存在が発見されたことが挙げられている。当時の学生や若者の関心は、戦争をはじめとする世界情勢で、多くの若者が抗議活動を中心とした政治活動に積極的に関わっていた。そしてそれを通じて世界を変えるという確信と希望が支配的であった。つまり多くの若者は世界に関わる「大きな物語」を生きていたのである。資本主義対共産主義というのはイデオロギーを中心にした大きな物語の対決であったわけである。

しかし〈一九六五年に起こった最も重要な出来事は〉、先に挙げた二つの出来事ではなくて、〈僕に一人のガールフレンドができたことだった〉としているように、この短編での若者、つまり語り手は大きな物語はさておき、異性との出会いと交際という「小さな物語」にエネルギーを注いでいる。これは村上春樹の作品、特に『ねじまき鳥クロニクル』に至るまでの作品において特徴的である。たとえば同じように１９６０年代後半を時代設定にした『ノルウェイの森』でも、学生の間では反戦運動、特に反安保闘争が吹き荒れていたのに、主人公の様々な恋愛が話の中心となる。つまり大きな物語ではなくて、恋愛や人間関係の小さな物語がテーマとなる。またデタッチメントからコミットメントへの転換を遂げたとされる『ねじまき鳥クロニクル』はもちろんのこと、のちの『1Q84』や『騎士団長殺し』においても、恋愛をはじめとする個人の小さな物語がテーマとなる。

しかし小さな物語が中心でありながら、はじめてのガールフレンドができたことの前置きに世界情勢の話などを入れることからわかるように、背景に大きな物語が動いているのである。それが最も明らかになるのは、語り手とガールフレンドが同じクラスだったときの担任の教師である。彼は二人の担任を務めていたときから数年後に、「思想の行き詰まり」のために自宅の鴨居から首を吊って自殺を遂げる。社会科の教師であった彼は、社会や歴史の様々な問題について思想的に取り組んでいくうちに、おそらくは大きな物語の行き詰まりを感じて、それに殉じたのであろう。

『1Q84』でも、青豆と天吾の再会と恋愛の成就という小さな物語の背景に、カルト集団との対決という大きな物語が存在している。『騎士団長殺し』においても、主人公の妻との別離と再会、その間の様々な人との関係という小さな物語の背景に、ナチスとの戦いで命を落とした人びと、それに大きな傷を負った人びとの鎮魂という大きな物語が存在している。

また思春期における他者は、絶対的に聖なるものの瞬間の現れという大きな物語としても、また具体的な恋愛関係という小さな物語としても現れてくるのかもしれない。これも絶対的な聖なるものという大きな物語とどのように区別し、つながるかが大事なのであろう。それはこの短編では鈴の音が聞こえるかどうかで示唆されているのである。

さらにこの短編では、語り手だけでなく、ビートルズ、映画の主人公たち、それを演じた映画俳優、担任の教師など様々な物語が紹介されている。この短編が一つだけの物語で成り立っているのではないところに、この作品の深みがあるのかもしれない。

6　出会い損ねと別の出会い

前章で扱った短編「クリーム」では、コンサートに招待されて行ったはずなのに、それには誰も来ていなくてコンサートが開催されず、昔一緒にピアノを習っていた女の子との再会もなかったという出会い損ねから、帰り道で不思議な老人との出会いが生じる。そして「中心がいくつもあって、外周を持たない円」という謎を聞き、それがこころに響くことになる。つまり出会い損ねとそこから生じてくる別の出会いがある意味でより重要になったのである。

ガールフレンドには妹と兄が一人ずついた。妹はガールフレンドより背が高く、それほどかわいくはなくて勉強ができたが、語り手に好ましい感情を持っていないようであった。きょうだいとは、本人とは独立した人格で別人であると同時に、本人のある部分、しかも表に出てこない部分を示していると考えられる。少なくとも夢に登場するきょうだいはそのように考えてみると意味をなすことが多い。そうすると、妹は、姉であるガールフレンドが語り手の否定的な部分に気づいていたり、語り手を受け入れていなかったりする部分だと考えられる。

妹とは会う機会が何度かあったのに対して、四歳年上の兄については、ガールフレンドは紹介もしないし、ほとんど何も語らなかった。そこには、兄のことをあまり話したくないという事情が推察される。象徴的に解釈すると、ガールフレンドが見せたくない側面を体現していると考えられる。しかし語り手は、まさにガールフレンドとの出会い損ねから偶然に兄と会うことになってしまう。

語り手は、一緒に図書館で勉強をするという名目を使ってデートするために、ガールフレンドを秋の終わり頃の日曜日の朝に迎えにいく。ところがいくら玄関のベルを鳴らしても彼女は出てこなくて、やがて現れたお兄さんが対応してくれることになり、はじめて顔を合わすことになる。家族皆が外出してしまったのに気づかず、一人だけ家に残っていて、整わない様子で現れたお兄さんには引きこもり的な印象もある。ガールフレンドとの出会い損ねによって、語り手はその兄に出会うことになる。

兄との会話ではじめて「サヨコ」という名前であることがわかるガールフレンドが、そのうちに帰ってくるからというお兄さんの誘いで、語り手は家の中に入って、彼女の帰りを待つことになる。語り手はもう一度記憶をさらってみたけれども、彼女とは確かに前日の夜に電話で会う約束をしたはずであった。このあたりは、「クリーム」においてコンサートに向かう人が誰もいないようでだんだんと主人公が不安になってきて、招待状で場所と日時を確かめるのと似ている。また日曜日の朝に、兄だけを残して他の家族のメンバーがどこかに出かけているというのも不思議であるけれども、それも何か語り手とお兄さんとを出会わせるような力が働いていたのかもしれない。ともかくそのように話は展開していく。

「クリーム」において出会い損ねの結果として偶然に出会うことになった老人は非常に変わった人のようで、また不思議な謎を投げかけてきた。ここでガールフレンドに出会い損ねたために出会うことになったお兄さんも非常に変わった人のようである。だからこそ日常を超えた次元を開き、そこで語り手と出会い、つながることができたのだと思われる。

語り手はガールフレンドを待っている間に、音楽でも聴きたかったが、他人の家で勝手にレコードをかけるわけにもいかない。また何かを読もうとして自分のショルダーバッグを調べたが、あいにく本を持ってくるのを忘れて、現代国語の副読本くらいしかなかった。適当なページを開いて読んでいるうちに、三十分近く経っても妹が戻ってこないために、お兄さんが話しかけてくる。語り手が読んでいる現代国語の副読本に興味を示して手に取ってみて、今語り手が何を読んでいたのかを尋ねて、芥川龍之介の「歯車」と答えがある。

お兄さんは「『歯車』って、たしかかなり暗い話やったよな?」と尋ねて、芥川龍之介が自殺する直前に書かれた作品であることを確かめてから、それを朗読するように語り手に頼む。語り手はびっくりしながらそれに応じるのである。

7　共有と作中作品としての芥川「歯車」

これまで見てきたように、出会いにおいて共有されるものがあることが大切である。ここで結果的には、語り手はお兄さんと芥川龍之介の「歯車」の最後の章である「六　飛行機」を朗読して共有することになる。二人の間でこの作品を共有したことによって、真の出会いが成立するのである。

それにしても、お兄さんが「かなり暗い話」と言う三十五歳で自殺を遂げた芥川龍之介がその直前に書いていたシリアスな作品が朗読されることになるのは非常に興味深い。ガールフレンドがイージーリスニング系の音楽を好んでいるのと、この重い作品は見事な対比をなしている。イージーリスニング系の音楽が二人の間で共有されなかったのに対して、この重苦しい作品は語り手とお兄さんの間で共有されるに至ったのである。

この物語のなかでは、最後の部分しか紹介されていないが、「飛行機」の章は次のようにはじまる。

〈僕《ぼく》は東海道線の或《ある》停車場からその奥の或避暑地へ自動車を飛ばした。運転手はなぜかこの寒さに古いレエン・コオトをひっかけていた。僕はこの暗合を無気味に思い、努めて彼を見ないように窓の外へ目をやることにした。〉

ここには目にする事象に否定的な意味を読み取り、脅威を感じる妄想的な気分が見られる。それは少し先にある次のような文章にも認められる。

〈僕は横町を曲りながら、ブラック・アンド・ホワイトのウィスキイを思い出した。のみならず今のストリントベルグのタイも黒と白だったのを思い出した。それは僕にはどうしても偶然であるとは考えられなかった。〉

全ては何かを意図しているように思えてくる。そしてそれは自分を脅かし、狙っているように思えてくる。最後のほうに次のような文章がある。

〈何ものかの僕を狙《ねら》っていることは一足毎《ごと》に僕を不安にし出した。そこへ半透明な歯車も一つずつ僕の視野を遮《さえぎ》り出した。僕は愈《いよいよ》最後の時の近づいたことを恐れながら、頸《くび》すじをまっ直《すぐ》にして歩いて行った。歯車は数の殖えるのにつれ、だんだん急にまわりはじめた。同時にまた右の松林はひっそりと枝をかわしたまま、丁度細かい切子硝子《きりこガラス》を透かして見るようになりはじめた。僕は動悸《どうき》の高まるのを感じ、何度も道ばたに立ち止まろうとした。けれども誰かに押されるように立ち止まることさえ容易ではなかった。……〉

妄想気分から遂にはパニックに陥りそうになり、その脅威が迫ってきて、増してくることの象徴のように、この小説のタイトルである歯車が登場する。そして最後は、この短編でも引用されている次の言葉で締めくくられている。

〈僕はもうこの先を書きつづける力を持っていない。こう云う気もちの中に生きているのは何とも言われない苦痛である。誰か僕の眠っているうちにそっと絞め殺してくれるものはないか?〉

村上春樹の作品にはよく、作中の作品が登場する。一番典型的なのは『1Q84』における「空気さなぎ」であろう。村上春樹の小説自体が不思議な物語であるかもしれないが、「空気さなぎ」をはじめとする作中の作品は、小説世界からさらに不思議で深い世界に入っていくような役割を果たしている。この短編においても、芥川龍之介の「歯車」は非常に不思議で息詰まるような世界を描いていて、そのような作中の作品として登場している。

〈よく晴れた日曜日の朝に朗読するのに向いた作品ではない〉というのは正しい感覚であろう。しかしお兄さんにはこの作品が気に入ったようで、「君は朗読するのがうまいな」と褒める。さらには「内容をよく理解していないと、ああいう読み方はなかなかできんもんや。とくに終わりの方がよかった」と言う。明らかに作品がお兄さんのこころに響き、さらに語り手が内容をよく理解していると思ったということは、二人は作品を共有しているという意味である。

これに続いてお兄さんの告白がはじまり、深刻な症状に苦しめられていることがわかる。朗読を頼んだのに対して語り手が「ずいぶん神経症的で、気が滅入るような話ですよ」と言ったのに対して、お兄さんは「毒をもって毒を制する」こともあるからと朗読を促している。後でわかるように、実際にそのようになるのだが。お兄さんには自分がメンタルを病んで苦しんでいることへの自覚があったのであろう。

お兄さんは「実を言うとな、記憶がそっくりどこかに飛んでしまった経験が、ぼくには何度かあるねん」と告白する。具体的には、「たとえば、午後三時に急に記憶が途切れて、気がついたら午後七時になっていて、その四時間のあいだ自分がどこで何をしていたのか、まったく思い出せないみたいな」ということらしい。これは心理学でいうところの「解離性障害」というのに当てはまるであろう。意識が飛んでしまっていたり、別の意識になってしまっていて、その間に自分が行ったことを覚えていないのである。

お兄さんはさらに、「ひゅっと記憶が途切れているときに、もしぼくが大きな金槌《かなづち》を持ちだして、誰か気に入らんやつの頭を思いきり叩いたりしたら、それは『困ったことでした』みたいな話では済まされんよな」と言っているのが興味深い。実際のところ『海辺のカフカ』で、カフカ少年は血まみれになって倒れていて、同じ時刻に父親が誰かに殺害されていた。このようなことは起こりうるし、村上春樹の作品では他にも描かれている。

「そんなこんなで、学校にあまり行かんようになった」、「考えれば考えるほど自分のことが怖くなって」このような事情でお兄さんは引きこもりになってしまったようである。だから日曜日に家族が皆出かけていても、家に残っていたのであろう。同時にお兄さんは「ぼくは常にぼくなんや」とも言う。一連の話には、一人称単数の絶対性への疑問と怖さ、それと同時にそれでもなお保たれている自分への問いかけが含まれている。芥川龍之介の小説を共有したために、語り手とガールフレンドのお兄さんは深い次元で出会い、さらにお兄さんの告白に至るのである。

12時半を回っても結局彼女は戻ってこなかったので、語り手はうちに帰る。午後の2時過ぎに彼女から、「約束したのは、次の週の日曜日だったでしょう」と電話がある。語り手はもうひとつ納得できなかったが、素直にあやまった。しかしお兄さんと二人で会話したことはあえて言わなかった。それは全く別の次元のことだからであろう。このように共有するものと共有しないものがあるのが興味深い。あるいはガールフレンドとは何か不可思議で本質的な深いものが共有できないことが、語り手にはわかっていたのであろう。

8　再会と死——出会い損ね

語り手はガールフレンドのお兄さんと十八年ぶりに東京で偶然に再会する。そのときに語り手は三十五歳になり、妻と二人で東京で暮らしていた。このときの三十五歳という年齢が、芥川龍之介が命を絶ったのと同じであるのが興味深い。一方は生に向かい、他方は死に向かっていて、運命が交錯している。偶然出会ったお兄さんが気づいて声をかけてくれ、喫茶店に行くことになる。これも全くの偶然なので、ある意味で二度目の出会いでもあろう。そこでガールフレンドは三年前に亡くなったことを教えてもらう。三十二歳で、二人の子どもを残して。特に落ち込んでいたり、悩んでいたりしたこともないので、誰にも原因がわからない。また衝動的なものでもなく、睡眠薬をためていて飲んだので、自殺は計画的なものだという。二人は黙ってしまい、語り手はガールフレンドとの別れを回想する。

僕とガールフレンドはその日、六甲山の上にあるホテルのカフェで別れ話をすることになった。僕は東京の大学に進んでいたが、そこで一人の女の子を好きになってしまったのだ。思いきってそのことを打ち明けると、彼女はほとんど何も言わず、ハンドバッグを抱えて席を立った。そしてそのまま振り向きもせず、早足で店を出て行った。

それがガールフレンドに会った最後であった。二人は十代にしかできない素晴らしい時間を共有したが、語り手は次のようなことを独白する。

結局のところ、彼女は僕の耳の奥にある特別な鈴を鳴らしてはくれなかった。どれだけ耳を澄ましても、その音は最後まで聞こえなかった。残念ながら。でも僕が東京で出会った一人の女性は、その鈴をたしかに鳴らしてくれたのだ。それは理屈や倫理に沿って自由に調整できることではない。それは意識の、あるいは魂のずっと深い場所で、勝手に起こったり起こらなかったりすることであり、個人の力では変更しようのない種類のものごとなのだ。


つまり語り手は、本当の意味ではガールフレンドと出会えなかったのであり、それが鈴の音が鳴らなかったという表現で示されている。

ガールフレンドの死の原因はわからない。「サヨコは君のことがいちばん好きやったんやと思う」と最後にお兄さんは言う。ガールフレンドは鳴らなかった鈴の音を求めていたのであろうか。〈夢が死ぬというのは、ある意味では実際の生命が死を迎えるよりも、もっと悲しい〉というように、人間においては夢と実際の生命の価値が逆転していることがある。彼女は鳴らなかった鈴の音に絶望して、命を絶ったのかもしれない。

鈴の音が鳴るかどうかが操作することができないというのは重要なポイントであろう。〈理屈や倫理に沿って自由に調整できることではない〉とか〈それは意識の、あるいは魂のずっと深い場所で、勝手に起こったり起こらなかったりすること〉とされている。鈴の音によってはじめて出会いというのが可能になるのであろう。

しかし鈴の音はずっと鳴り続けるのであろうか。鈴の音がしたという東京の女性とその後はどうなのであろうか。この短編は思春期の物語である。かつての少女たち、鈴を鳴らした女性が年老いてしまった後にはどうなるのであろうか。それはこの「ウィズ・ザ・ビートルズ」には書かれていない。最後のフレーズは、衝撃的な出会いをした最初の少女について、〈今でも十六歳のまま、ジョンとポールとジョージとリンゴの、ハーフシャドウの写真をあしらった素敵なジャケットを、しっかり大事に胸に抱きしめたまま〉としていて、あくまでも思春期の物語として閉じられていくのである。

9　出会いと癒やし

芥川龍之介の「歯車」が話題になったことから、語り手が記憶の飛んでしまう病気のことをお兄さんに尋ねると、なんと「あるとき突然それが消えてしもた」と言う。

「遺伝的疾患やから、時間とともに進行することこそあれ、治癒する可能性はないと医者は言うてたけど、それがなんのことはない、急にふっと治ってしまった」

「君と会って話をした少しあとくらいからかな」

語り手とお兄さんは、芥川龍之介の「歯車」を共有することで、本当に出会えたのであろう。何かを共有することによって、お兄さんのなかで解離していたものがつながったと思われる。真に共有することは非常に大切で、そこに芸術作品の力、イメージの力がある。夢などのイメージを用いる心理療法においても、イメージを共有することが治療的である。この場合には、物語の内容だけではなくて、実際に読み、朗読するというリアルさ、身体性が重要であったと思われる。

お兄さんは語り手に記憶が飛ぶという問題がなくなったことを語るが、よくなったことをのちに語って共有することも大切である。それによってはじめて自分に降り掛かってきた問題がクリアされたということが完結されるからである。心理療法においても、クライエントがよくなったことを後からセラピストに見せにくる、語りにくることがある。この短編では、偶然によってはじめて共有と癒やしが可能になり、またさらに偶然によって語られる機会が生まれたのである。

また恐ろしいことでもあるが、癒やしには、犠牲が伴うようである。ここでは自殺した芥川龍之介がそうであるし、自殺した妹のサヨコ（ガールフレンド）もそうである。心理療法においても、よくなってくるときになんらかの犠牲が伴うことがしばしば認められる。心理療法にアップダウンはつきもので、よくなったり悪くなったりが繰り返されるが、たとえば心理学者の藤巻《ふじまき》るりの報告している事例[20]では、男性のクライエントが右肩上がりに成長していくが、最後のほうで同僚の死が報告され、それはクライエントのなかの死んでいく部分や犠牲の部分として考えるとぴったりくるのである。

犠牲といっても、犠牲があったから癒やしがあったというような、因果的なものではない。それは操作できるものでも、否定的なものを避けることができるものでもない。〈それは理屈や倫理に沿って自由に調整できることではない。それは意識の、あるいは魂のずっと深い場所で、勝手に起こったり起こらなかったりすることであり、個人の力では変更しようのない種類のものごとなのだ〉というのが、癒やしと犠牲についても当てはまる。そして全ての人がつながっている結果として巡り合わせ（コンステレーション）に後から気づかれるものなのである。

第五章　出会いとフィクション

「チャーリー・パーカー・プレイズ・ボサノヴァ」

これまでリアルな出会いを扱ってきたのに対して、ここではフィクションでの出会いが問題になる。つまり語り手は夢のなかでジャズプレイヤーのチャーリー・パーカーに出会うのであり、またそれは死者との出会いでもある。しかし「クリーム」における老人は本当に現実の人間であったのか、それとも語り手の前に現れた幻影のようなものだったのかはあまり明らかではなく、現実との出会いとフィクションでの出会いの区別は曖昧かもしれないが。そしてここでも出会いに介在するものがあって、それが音楽である。

1　フェイクの物語

「バードが戻ってきた。なんという素晴らしい響きだろう！」という音楽雑誌に語り手が投稿した文章の引用でこの短編ははじまる。引用は「時は１９６３年だ。人びとがバード＝チャーリー・パーカーの名前を最後に耳にしてから、既に長い歳月が過ぎ去っていた」と続いていく。

チャーリー・パーカー（1920~1955）は、ジャズミュージシャン、アルトサックス奏者で、モダンジャズ（ビバップ）を作り出した人であり、1955年に既に亡くなっている。従って、1963年には、人びとがその名前を最後に耳にしてから長い歳月が経ってしまっているのも無理はない。〈しかしもしバードが1960年代まで生き延びて、ボサノヴァ音楽に興味を持ち、もしそれを演奏していたら……という想定のもとに僕はこの架空のレコード批評を書いた〉というわけである。

この文章が雑誌に掲載されると、そのようなレコードが存在するはずがないことがわかっているファンの人たちから、抗議の手紙が何通か編集部に届いたという。それに対しては、〈世間の人々にユーモアの感覚が欠けているのか、あるいは僕の側のユーモアの感覚にもともと歪《ひず》みがあるのか、そのへんは判断に苦しむところ〉とされている。確かにこのような悪ふざけは、エイプリルフールにのみ許されるようなものかもしれない。

もちろんその音楽は実在しないものである。しかし批評にはレコードの曲目までていねいに並べられていて、その曲についての「修飾に満ちた記述」があって、なかなかの現実感を与えてくれる。つまり実在しないレコードが存在するかのようにするのが、物語の力である。その説得力によって、この批評は雑誌から採用されたのである。その意味ではたとえ本当でない話であっても、なんらかのリアリティに触れている、あるいはリアリティを作り出しているのではと考えられるのである。

2　フェイク・フィクションと時代性

チャーリー・パーカーが戻ってきたという記事はフィクションであり、フェイクとされるところだが、前近代の世界において、現実とフィクションの区別はあまりはっきりとしていなかった。古代においては、神のお告げによる政治や決定が行われるのが、世界中であたりまえのことで、多くの記録によって裏づけられている。

同じようにして前近代の世界では、現実と夢もあまり区別されていなく、夢によって政治的な決定がなされることも多かった。旧約聖書を読むと、多くのことが夢によって決定されているし、日本においても、何かの厄災があったときに、天皇が籠もって夢を見て、解決策をもたらすことがなされていた。コロナ禍で有名になったように、たとえば崇神《すじん》天皇は疫病がはやったときに、「神床《かんどこ》」に籠もって祈ったという。すると夢に大物主大神《おおものぬしのおおかみ》が現れて、オオタタネコという男性を見つけて自分を祀らせるように告げる。目覚めてから天皇が神のお告げ、あるいはその夢に従って、オオタタネコという男を見つけ出して神主として三輪山に大物主大神を祀らせると、疫病はおさまったという。ここにおいては、夢にも現実性が認められていて、それどころか現実以上の価値が認められていて、それを真摯に受け止めて現実で実行に移すことが解決につながっていく。

さらには、仏教においては、次々と仏典が生み出されていくように、本物と偽物という概念の区別は曖昧である。その意味で、キリスト教、キリスト教精神が特殊であると言えよう。つまり聖書というただ一つの聖典があって、それ以外のものは偽物になってしまい、『偽書』と呼ばれてしまう。前近代から近代になることによって、啓蒙主義、科学主義、客観主義が生まれてフィクションと客観的現実は峻別されるようになったが、その根は既にキリスト教の精神のなかに認められる。

ところが近代世界からいわゆるポストモダンの世界になってきて、さらにはネット社会が浸透するにつれて、現実とフィクションの区別は再び揺らいでいるようである。人間は死んでも生き返ると思っている子どもの数が増加していることが社会調査によって示されている。ネット上には様々な人格があって、死んだ人でもネット上で発言するし、またそもそも生きていたことのない人がネット上には存在する。またネット上では、実際の自分の性別や年齢などと異なる人物として現れることが可能であり、さらには様々な人格を使い分けることも可能である。それは意図的になされていることもあれば、無意識的になされていることもある。このようにして、現実とフィクションの境界がはっきりとしなくなってきている。

科学的な見方や客観的なデータが浸透しているように思えても、経済や市場は噂によって動くし、心理的な要因が大きなウエイトを占めている。よく言われる「噂で買って、事実で売る」という株式市場における行動パターンもそうである。経済学において、心理学や行動科学が重要になっているゆえんである。

さらには、フェイクニュースというのがあって、事実でないものが事実として意図的にでっち上げられてしまい、それが信じられてしまうことがしばしばある。近年広まっていった陰謀論や、誰かがその陰謀に対して戦っていること、コロナワクチンについての何の根拠もないことが広められ、信じられている。それだけではなくて、逆に正しいはずのものもフェイクニュース呼ばわりされて否定される。その意味で客観的な真実という概念はもはや効力を持たなくなったと言えよう。

これに関連して、二次創作というものが非常に流行している。ある作品を元に二次的に作品を作っていくことで、たとえば、バードが、1955年以降も生きていて、このような作品を書いたというのも、二次創作として可能かもしれず、実際に音楽として二次創作できるかもしれない。

このように前近代の世界において現実とフィクションが入り混じり合っていたのが、一度近代において峻別されるようになり、フィクションが現実的でないものとして否定されたのに、ポストモダンの時代を迎えて、再び現実とフィクションの境界は揺らいでいる。

3　現実との交錯

ところが、〈そこでこの話はいったん終わる。ここからが後日談になる〉というのではじまる節で、なんとフェイクのはずの物語が現実となるのである。ジョークに過ぎなかったチャーリー・パーカーの新作についての文章を書いてから十五年後に、語り手が仕事で滞在していたニューヨーク市内の中古レコード店で、「Charlie Parker Plays Bossa Nova」というタイトルのレコードを見つけるのである。レコードジャケットの裏側に書いてある曲目とパーソネルを見てみると、曲目も演奏者の名前も、学生時代に適当にでっち上げたものと寸分違わず同じだった。もっとも二曲だけ、ピアノ演奏者が異なるという例外があったが。

ここでフェイクだったはずのものが現実になっている。このようなときに、自分は夢を見ているのか、あるいは幻覚なのかという疑いが生じてくるかもしれないが、〈幻想の世界に迷い込んだわけではない〉とはっきりと書かれているようにこれは幻覚や妄想ではないというのが大切である。自分が肥大し、極端に中心化している場合には、自分の記事を元に誰かが作ったに違いない、などと妄想を抱いたりもするが、そうでもない。自分のこころのなかのことではなくて、現実であるというのが大切である。

これはフィクションやフェイクになんらかのリアリティがあったことを意味している。何であれ、書くことによってそこにリアリティが生まれ、まさにないはずのものがリアルになる。物語にはそのような力があると考えられる。ニューヨークでレコードを見つけたという話自体もフィクションやフェイクかもしれないが、現実との重なりが見られるのである。

私が行っている心理療法においても、クライエントによる語りや夢が中心なので、ある意味で空想やフェイクが中心であると言えるかもしれない。心理療法は決まった時間に、決まった場所である相談室で行われるという、守られ閉じられた時空間を作るからこそ、現実と区別された夢や空想が意味を持ってくる。その閉じられたいわば非現実でフィクションの世界でこころが変化していく。ところがクライエントに大きな変化が生じるときに、非現実の時空間にとどまっていないで、フェイクや空想を出ていき、現実と交錯する瞬間がある。たとえばセラピストとクライエントがセッション以外の現実で偶然に出会ったり、夢のことが現実での出来事につながったり、「共時性」ということが言われるように、セッションで話していたことと現実との興味深い符合が生じたりする。それは否定的に考えると、セラピーの閉じられた時空間が壊れたり漏れたりしていることであるけれども、肯定的に考えると、セラピーで行われてきたことが、現実の変化につながる瞬間である。

少し話の筋を先取りしてしまうことになるけれども、この作品は次の三部から成っている。

一　バードの架空の作品への批評
二　架空と思っていた作品にニューヨークのレコード店で出会う
三　夢でのバードと作品との出会い

短編小説として考えると、これは第一部と第三部だけでも成立するのではないだろうか。つまりお気に入りの演奏家のバードの架空の作品についての批評を書いていたところ、ある日、夢でバードと出会い、演奏を聴くことになる。しかしこの第二部があることで、話のリアルさが増し、現実とのインターフェースが起こっている。既に述べたように、セラピーにおいても現実とインターフェースする瞬間があり、偶然の一致のような出来事が起こる。しかしそこで、単にフィクションと現実とが符合していたとしてしまうと、たとえば夢が正夢だったとしてしまうと、第三部のような深まりが出てこないのである。

4　出会い損ねと事後

語り手はずいぶんと迷うが、結局そのレコードを買わない。誰かが〈架空のレコードを形だけでっち上げたのだ〉と考えて。これは非常に醒めた考えで、サンタクロースを親が演じているのを見抜く子どものようである。意識の成長・強化とともに人は醒めた考えを持つようになる。

ところが後から突然後悔の念が沸き起こってくる。〈やはりあのレコードは買っておくべきだった〉と。翌日にそのレコード店に行くが、目当てのレコードは存在しない。

店主は「きっと何かの思い違いだろう」と。つまり自分が全てのレコードを管理しているから、そのようなレコードがあれば、きっと覚えているはずだと言う。

語り手は、後になってやっぱりあのレコードを買うべきだったと店に駆けつけるが、目当てのレコードは見つからなかった。これは非常にありがちなことである。つまりわれわれは何かや誰かに出会っていても、たいていそれに気づいてコミットするのが遅すぎる。後になってもっと踏み込んでおくべきだった、声をかけておくべきだった、呼びかけに応えておくべきだったと気づくのであるが、そのときは既に出会えず、出会い損ねてしまう。既に取り上げた「石のまくらに」の場合では、語り手は後から女性の作品を読み、それは「僕の心の奥に届く」が、その女性は既に去ってしまっていて、おそらく永久に会えるチャンスはない。

『戦場のメリークリスマス』として映画化されたローレンス・ヴァン・デル・ポストの「影の獄にて」(原題:A bar of shadow)は、日本軍の捕虜となったイギリスの士官ローレンスと、日本人のハラ伍長の出会いを描いたものである。戦後になって戦争犯罪に問われたハラ伍長は、死刑が決まり、ローレンスは彼に面会に行く。いわばお互いの影が交錯して、相手にこれまでの考え方を述べる二人の対話も印象深いが、ここで取り上げたいのは、ローレンスの気持ちと行動である。去り際にハラが「メリークリスマス、ミスター・ローレンス」と呼びかけ、ローレンスはハラを抱きしめようとしたが、イギリス士官のプライドと抑制のせいか思いとどまって、そのまま帰ってしまう。しかし後からやはりと思って戻るが既にハラは亡くなっていた。「われわれはいつも遅すぎるのであろうか」とされていて、われわれはしばしば後から気づいて出会い損ねてしまう。心理療法においてもしばしば、後から気づかれるが、それは遅すぎるということがある。われわれはよく「事後」というあり方をしていて、出会い損ねてしまう。

5 夢:リアリティの深まり

フィクションというのは作り物であり、それには偽物というニュアンスも多少含まれている。それに対して夢は、確かにファンタジーの一つであるかもしれないが、夢を自由に見ることができないように、ある種のリアリティを持っていて別の次元、別のリアリティを開いてくれる。ある夜、語り手はチャーリー・パーカーが登場する夢を見た。

〈その夢の中でチャーリー・パーカーは僕のために、僕ひとりだけのために『コルコヴァド』を演奏してくれた。〉

若い頃に雑誌のために書いたフィクションの記事が、読者である他の人にも向けられているものであったのに対して、これは自分だけのリアリティである。そして演奏は〈リズム・セクション抜きの、アルトサックスのソロで〉あったので、チャーリー・パーカーも一人で登場して、語り手と二人だけの出会いである。そしてこの出会いは、バードの演奏という音楽を通してのものである。本著で何度も強調しているように、出会いには共有するものが必要で、それはしばしば芸術作品の形をとる。ここでも出会いは音楽の共有によって生じている。あるいはこの短編では、架空の作品の評論から話がはじまったので、架空の作品がチャーリー・パーカーとの出会いを導いてくれたことになる。

〈どこかの隙間から差し込んでくる陽光の、縦長の明るみの中にバードは一人で立っていた。（中略）そして彼の手にしているアルトサックスは、お話にならないほど汚れて、埃《ほこり》と錆《さび》だらけだった。〉

語り手は夢に登場したバードをこのように描写している。そして〈そのとき唐突に、僕の鼻はとびっきり香ばしいコーヒーの匂いを嗅《か》いだ〉。それでも〈僕は眼前のバードからいっときも目を逸《そ》らさなかった〉という。これはどういうことであろうか。ここで「匂いがした」とされているのでなくて、鼻が匂いを嗅いだ、とされているのが重要であろう。「匂いがした」では描写的であるのに対して、鼻が匂いを嗅いだというのは身体感覚が強調されている。つまりコーヒーの匂いは身体で感じられるリアルなものであり、それはバードの姿と、それからの演奏と二重になっている。だからこそこれに続いて〈僕にはそれが夢であることがわかった〉とされている。これは夢でも現実でもない世界に、リアルに何かが現前していることである。村上春樹の作品にはしばしばこのような二重意識や夢でも現実でもないリアルな世界が顕現する。たとえば『色彩を持たない多崎つくると、彼の巡礼の年』における、つくると灰田の出会いもそうである。ここでもそのようなことが生じているのであろう。

6　音の曼陀羅・魂の深いところ

少し音を試してからバードは「コルコヴァド」を演奏する。

〈バードが僕ひとりのために夢の中で演奏してくれた音楽は、あとから振り返ると、音の流れというよりはむしろ瞬間的で全体的な照射に近いものであったように思える〉という。そして〈その音楽が存在していたことを僕はありありと思い出せる。しかしその音楽の内容を再現することはできない。時間に沿って辿《たど》ることもできない〉とされている。さらには、〈曼荼羅《まんだら》の図柄を言葉で説明することができないのと同じように。僕に言えるのは、それは魂《たましい》の深いところにある核心にまで届く音楽だったということだ〉とされている。これはいったいどのような事態なのであろうか。

常識的には、音楽は時間の流れのなかで演奏され、生じてくる。しかしここでの音楽は時間の経過と共に展開されるものではないという。これはモーツァルトが自分の作曲について述べていることを思い起こさせる。つまりモーツァルトは作曲するときに、順番に音が出てくるのではなくて、音楽は一瞬で全体として捉えられるというのである。それと同じようにここでも〈瞬間的で全体的な照射〉と言われているのである。全てが一瞬に詰まっている。

これは、一本の毛に宇宙が入っている、一瞬に時間の全てが入っているとする華厳的な世界である。だから後のところで、曼荼羅ということばが出てきているのであろう。これは存在の根源にふれるような音楽であったのである。時間を扱ったファンタジーであるミヒャエル・エンデの『モモ』において、時間を司っているマイスター・ホラがモモに示してくれた「時間の花」という曼荼羅のようなものである。

村上春樹は物語の重要性をしばしば強調している。物語には時間の経過が必要である。村上春樹は物語を「スローペースなヴィークル（乗り物）」とか、「限りのないパラフレーズの連鎖[21]」と呼んでいる。しかし瞬間的なものや、全体的なものへのまなざしも村上春樹の作品には存在するのではないだろうか。たとえば『騎士団長殺し』における絵画がそれである。一つのものに全てが込められている。だからこそそれは存在の根源であり、〈魂《たましい》の深いところにある核心にまで届く〉ことができるのである。

ここでの音楽について〈それを聴く前と聴いたあとでは、自分の身体の仕組みが少しばかり違って感じられる〉とされている。存在の根源にふれることで、その人の存在が変わることが可能になる。その際に精神とか悟りとかいう言葉を用いずに、身体というところがおもしろい。村上春樹は物語についても同じことを述べている。つまり物語を「読み終わったら別の人に」なっているのである。〈その音楽が存在していたことを僕はありありと思い出せる。しかしその音楽の内容を再現することはできない〉とされている。これがリアリティや神秘の秘密であり、本質ではなかろうか。これの説明を少し試みてみたい。

『ユング自伝――思い出・夢・思想』において報告されているように、ユングの出会ったウガンダのエルゴン族は、手につばをして、昇ってくる太陽に両手を差し伸べる。ユングが様々に質問して明らかにしようとしても、彼らは自分たちの行為をうまく説明することができない。しかしユングには、彼らが深い宗教体験をしていることは感じられる。そこでユングは、彼らは、自分たちのしていること（that）はわかるけれども、何をしているか（what）はわからない、つまり説明できない、ということがわかるのである。何かの直接的なリアリティはあって、それは本人には体感できても、それの説明ができないのである。ここでのバードの音楽もそのようなものであったのであろう。

7　死者の救済とピアノ協奏曲

「私が死んだとき、私はまだ三十四歳だった」とバードは言う。語り手は、自分がもし三十四歳で死んでいたなら、と自分に問うてみて、〈三十四歳の頃の僕は、まだいろんなものごとを開始したばかりの状態にあった〉と答える。村上春樹の作家デビューが三十歳であったことを考えると、三十四歳というのがいかに若くて、いろんなものごとを開始したばかりかというのは納得できる。

　それに対してバードは「そうだよ、私だってまだものごとを開始したばかりだった」「人生を生き始めたばかりだった。しかしふと気がついたとき、そしてあたりを見回したとき、すべては既に終わっていた」と答える。

　この短編は、音楽との出会いだけでなく、死者との出会いでもある。バードはさらに「君は私に今一度の生命を与えてくれた。そして私にボサノヴァ音楽を演奏させてくれた」と言い、「私は君にひとことお礼を言うためにここに立ち寄ったのだ。ありがとうと言うためにね」とお礼を言う。

　この演奏の機会を作ったことは死者の魂への鎮魂でもあり、それに対して死者であるバードがお礼を言っていることがわかる。ボサノヴァを演奏させてくれたことに対して、バードは「私は常に新しい種類の音楽が好きだった」と述べている。ユングは、『ユング自伝』のなかの「死後の生命」[22]の章で、死者は自分が亡くなったときで止まっているのではないかという仮説を立てている。だから死者には、新しく起こったことを教えてあげる必要があるとしている。ここでも語り手は、バードが亡くなったときには知らなかったジャンルの音楽を教えているのであり、それを通じてバードの魂の再生と鎮魂が生じていると考えられる。

　バードは「死んだとき」、「私の頭の中にあったのは、ただひとつのメロディーだった」と言い、「それを繰り返し繰り返し、いつまでも頭の中で口ずさんでいた」と言う。ジャズ演奏者がどのようなメロディーを繰り返し口ずさんでいたかは興味あるところであるが、それはジャズではなくて、「ベートーヴェンのピアノ協奏曲一番、三楽章の一節」だったのである。しかもそのようなクラシック音楽に対して「最高にスイングする一節」だとバードは言うわけである。

これはどういうことなのであろうか。ジャズ奏者のなかでも、人類の音楽の伝統につながるものがあるのであろうか。それはジャンルを超えた、自由な音楽なのであろうか。あるいは、人は亡くなるときでも、どこかにつながっているのであろうか。

8 夢幻能

この短編は三部に分けることができると述べたが、その第三部において、語り手は夢のなかで死者のバードに出会い、そこで死者の救済が行われる。それは語り手がバードと音楽に出会い、〈魂《たましい》の深いところにある核心にまで届く〉というだけでない。それは既に指摘したように、無念の思いを抱いて亡くなった死者としてのバードの魂の救済でもある。

これは複式夢幻能の構造に似ていると言えよう。すなわち複式夢幻能では前段で、諸国一見の旅の僧（ワキ）が地元の人に出会う。会話のやり取りの後、その人（シテ）は歴史上の人物であると名のって消える。そして後段で、その歴史上の人物は僧の夢に出てくる。ワキである僧が見守る夢のなかでシテは舞い、その歴史上の人物は成仏するのである。

たとえば有名なお能である『井筒』では、諸国一見の僧が在原寺を訪れ、地元の娘に出会う。その人は、紀有常の娘とその夫である在原業平の間の悲しい恋の物語を長々と語る。そして最後に、自分こそがその妻であると名のって去っていく。

後段で、僧の夢に在原業平の妻が業平の着物を羽織って出てきて舞う。二人の結びつきは、紀有常の娘が夫である在原業平の着物を着て一体となることで成就されているのである。そしてシテが井戸（井筒）をのぞき込むシーンはこの作品の最も美しいところであり、自分自身を見るとも、相手を見るとも、一体になった二人の確認とも考えられるところである。恋を遂げた娘は成仏していき、僧は夢から覚める。

この短編における第三部の夢のシーンは、複式夢幻能で死者が夢のなかに現れてきて成仏を遂げる後段のようである。バードは舞うかわりに、音楽を演奏する。そして前段の最後に、村の娘と思われていた人物が、「私こそが、その紀有常の娘」と言い、現実の人物と歴史上の人物が交錯するシーンに対応するのが、第二部において自分のでっち上げで存在しないはずのレコードに、現実で出会うところと考えられる。そこにおいて現実とファンタジーが交錯する。

能とは異なって、この短編においては死者の魂は救済され、成仏されるのではなくて、むしろ更新され、新しくなっていく。つまりベートーヴェンという古の音楽につながっていると同時に、ボサノヴァという新しい音楽につながり、さらに先に進んでいくのである。

9　出会いを書き留めること

〈夢から目覚めたとき、枕元の時計は午前三時半を指していた〉とされている。このように時計を見て、時刻を確認することで、夢での時空を超えた世界から現実への帰還がなされる。夢幻能においても、夜が明けて僧は夢から覚めて現実に戻る。そして〈コーヒーの匂いはもう失われていた〉。これは夢での直接的リアリティが失われてしまったことを示している。

バードが〈僕一人だけのために演奏してくれたあの素晴らしい音楽〉を再現しようと試みても、〈ただの一節も思い出せなかった〉とされているように、音楽は残念ながら再現できない。つまり一回きりに感動的に聴いた音楽の直接性は失われる。村上春樹の作品において、直接性は非常に大切である。それは象徴性によって媒介されていない、いわゆる心理学的解釈や象徴解釈ができない世界である。だから村上春樹の作品において暴力と性のシーンが多い。そこで『ねじまき鳥クロニクル』におけるように壁を抜けたり、思わぬ出会いがあったりする。それは偶発性が支配的な世界でもある。

しかしここで、音楽が思い出せないように、出会いの直接性は失われてしまう。それでも〈バードが口にした言葉を脳裏《のうり》に蘇《よみがえ》らせることはできた〉。〈その記憶が薄れないうちに、彼の語った一言ひとことをできる限り正確にボールペンでノートに書き留めた。それがその夢に関して僕にできる唯一の行為だった〉という。

ここで記録に残すように試みられているのは直接的リアリティではない。言語で後から捉えたリアリティである。しかも音楽の描写ではなくて、〈バードが口にした言葉〉とされている。そしてそのようにして伝えるのが作家の使命なのであろう。

芭蕉は、「ものの見えたる光、いまだ心に消えざるうちに言ひとむべし」として、句を詠んだ。直接的リアリティそのものは再現できない。しかしそれを言葉にしていくことは可能である。そこに言葉や物語の力がある。この短編は、実際には存在しない音楽とその批評、目にしたレコードとそれを後から買おうとしても存在しなかったこと、夢のなかの音楽と後からの言葉の記述と、直接的リアリティと、事後の言葉のリアリティの間を揺れている。それでも結末の言葉は、力強くリアリティを肯定しているのである。〈信じた方がいい。それはなにしろ実際に起きたことなのだから。〉

第六章　出会いの影　「謝肉祭（Carnaval）」

出会いは、これまで知らなかったものや人に巡り会うことになるだけに、すばらしい経験になったり、自分の人生を飛躍させる機会になったりすることもあれば、逆に思いもよらないような恐ろしい結果に終わることもある。「通り魔」などということばがあるように、突然の出会いは時には犯罪や死にさえつながることがある。近年において、婚活などにおいてもあたりまえのようになってきているインターネットでのＳＮＳやアプリを通じての出会いにおいても、様々な危険が待ち受けている。そこまではなくても、出会った人の思わぬ面に後々遭遇して驚かされることはあるであろう。これから取り上げる「謝肉祭（Carnaval）」は、そのような出会いの影の面、特に出会った相手の否定的な面に焦点を当てたものである。

1　醜いこと

〈彼女は、これまで僕が知り合った中でもっとも醜い女性だった〉という意外な一文から短編「謝肉祭（Carnaval）」は、はじまる。この仮に「F＊」と呼ばれる女性は、語り手がある程度近しい関わりを持った女性たちのなかで、いちばん醜い女性だったという。

この短編集『一人称単数』は、これまでもいくつかの話を順に取り上げて扱ってきたように、出会いをテーマにしているように思われる。出会いにおいては、最初の印象が非常に大切である。「一目惚れ」などという表現があるように、そこで何らかの魅力を感じたり、お互いに惹かれ合ったりというのがないことには出会いはなかなか生じてこないであろうし、その魅力のなかでも美しさというのは重要な要素であろう。典型的なのは「ウィズ・ザ・ビートルズ」における、同じ高校に通っていた少女との魅惑的な出会いであろう。しかしここでの女性は醜いとされる女性なので、出会いにおける典型的なパターンから外れてしまっている。

また醜さというのは、扱うことがむずかしいテーマである。「いちばん醜い女性だった」と書いても、〈F＊はたぶん気にもしないだろう〉とされているけれども、他人にはっきりと醜いと言われれば多くの人は非常に傷つくのではなかろうか。さらには社会的にも、人の外見を元に否定的に批評することは、身体障害に対するのと同じような人権無視や差別的な言動として問題視されるのではなかろうか。特に男性が女性の醜さに言及する場合には、男性が女性を一方的に評価する男性優位社会の問題が指摘されるかもしれない。「醜い」と言うことには、ある種のタブーが伴っている。

このように様々な問題があることを意識しつつも、この短編で扱われている美醜、特に醜さのテーマを検討したい。差別的であるからと醜いという言葉を隠蔽するだけでは、実は醜いとこころのなかで思っていても言わないだけのことであって、本質的な解決にはならない。それと向かい合っていく必要があろう。

この短編で醜さがクローズアップされるのは、ここでのテーマが否定的なものであるのに関係している。実際のところ、そのF＊という女性に関連して、詐欺や犯罪という見かけだけでない醜さに物語は展開していく。見かけの醜さは表面的なものに終わらず、こころと存在の醜さにつながっていくのである。

しかし美醜というのは、非常に相対的で主観的なものである。ある時代や文化において美しいとされるものが、必ずしも別の文化では美しいものではない。それどころか、語り手は美しさについて、次のように述べている。

〈僕の知る美しい女性たちの多くは、自分の美しくない部分――人間の身体環境には必ずどこかにそういう部分はあるものだ――を不満に思い、あるいは苛立ち、その不満や苛立ちに恒常的に心をさいなまれているようだった〉

一般的に美しいとされている人も、自分の美しくない部分を意識し、それにこだわってしまっているという。いわばその部分が自分のコンプレックスになっているのである。逆に〈どんな醜い女性にだってどこかしら美しい部分はある〉という。つまり美しさや醜さとは極めて主観的なもので、受けとめ方の不思議さがある。語り手はさらに次のように付け加えている。〈僕らの暮らしている世界のありようは

往々にして、見方ひとつでがらりと転換してしまう。〉
美しい、醜いも見方ひとつで変わってしまう。だから「醜貌《しゅうぼう》恐怖」という心理的な症状も生まれる。これは日本人に典型的な神経症とされてきた対人恐怖のなかの一つの極端な現れ方である。対人恐怖は自意識による症状で、自分が見られているとか、噂をされているとか思って、人が怖くなってしまうものであり、実際に他人に見られたり、噂されたりしているかどうかはわからないが、そのように外から自分を否定的に意識してしまうことによって生じるものである。その極端な形である醜貌恐怖は、自分が醜いのではなかろうか、身体、特に顔のある部分が変なのではなかろうか、などと思ってしまう病理である。実際にそのような訴えをする人に会っても、客観的に醜かったり、特に問題があったりするわけではないが、本人にとっては深刻な問題なわけである。
つまり美醜というのは、すぐれて主観的な問題で、あくまで相対的なものなのである。個人的な見方に加えて、文化的・時代的なものもあり、美醜の見方に関しても一方で世界がグローバル化して同じような捉え方が広がると同時に、他方で多様な見方が生まれ、尊重されるにともなって、美醜の問題はある意味で両極化していると言えよう。

2　美醜と超越

語り手は、〈自分が醜いと自覚している醜い女性の数はそれほど多くはない〉ことを確認したうえで、

〈彼女は実に普通ではない〉、〈そしてその普通でなさは僕のみならず、少なからざる数の人々を彼女のまわりに惹きつけることになった〉としている。つまり醜いとは、美しいのと同じように、特別なことのしるしであり、この世ならぬものであり、そこに独特な魅力があるというわけである。だから彼女は多くの人を惹きつける。

醜いというのは、スティグマであるが、スティグマというのが元々キリスト教のコンテクストで「聖《せい》痕《こん》」を意味することに表れているように、特別なことのしるしである。それを多くの物語は、醜から美への転換として表現する。たとえばアンデルセンの童話、「みにくいアヒルの子」は醜いとされてきたアヒルの子が最後に美しい白鳥になる物語であり、「美女と野獣」では、醜く恐ろしい野獣が、愛の力によって最後は麗しい王子になる。しかしこれは実は、醜い存在として現れてきていること自体が、特別な存在であることを示唆しているのではなかろうか。必ずしも醜いという否定的なものが美しいという肯定的なものに変わるのではなくて、美しさとは、醜いという形で最初に現れてきた特別な存在が本来の自分のあり方を実現できたことを象徴しているに過ぎないのであろう。その意味で、醜いということには特別さと超越性が備わっている。この短編における女性にもそのようなものが備わっていたのであろう。

しかし美醜は表面的なものへの囚われであって、魂の輝きや魂への関心は異なるという考え方もあり、それは心理療法で生じてくる。『ユング自伝』の「精神医学的活動[23]」の章には、ユングが精神病院で出会った様々な患者さんのことが描かれていて、その人たちがどのような物語を持っているかにユングが関心を持っていたことがわかって興味深い。妄想や異常に思われる行動の背景には物語がある。

たとえばバベットの症例と呼ばれているものでは、女性患者は「私はローレライだ」、「私はソクラテスの代理だ」とか言う。しかしユングはそれを単なる妄想として片づけるのではなくて、それに意味を見いだしていく。つまり「私はローレライだ」と言うのは、ハイネの有名な詩「ローレライ」が「それが何を意味するのか私には解らない」という言葉ではじまり、それは医者たちが彼女の言うことを聞いた後でいつも口にする言葉だからである。医者たちが常にそのように言うので、彼女は自分がローレライだと信じてしまっているのである。また「私はソクラテスの代理だ」と言うのは、「私はソクラテスのように不当に告発されている」ということを言おうとしているためである。ユングが言うように「従来我々が無意味だとみなしてきたものの多くが、そう思うほどおかしくないもの」なのである。

ユングがフロイトにこのバベットの事例のことを語ったところ、フロイトは「ユングさん、あなたがこの患者について見つけ出したことは、たしかに興味深いことですね。ですが、いったいどういうふうにして、このみたところ醜い女性と一緒に数時間も数日も過ごすのに耐えられたのですか」。ここには日常的な美醜の見方にこだわるフロイトと、美醜を超えた魂の次元に関わるユングの違いが示されている。

同じような意味を示唆しているのが、日本神話におけるコノハナサクヤヒメとその姉のイワナガヒメの物語である。二人はともにニニギに嫁ぐが、醜かった姉のイワナガヒメは父の元に送り返される。しかしそのために人間には、「岩」の永続性がなくなるのである。ここにも人間の次元としての美醜と、それを超えるものが示唆されている。美醜にも両面があるように思われる。日常的判断に囚われることとしての美醜と、日常性を超えるものとしての美醜である。

3 共有——シューマン「謝肉祭」

語り手は、コンサートの休憩時間に、友人を介してＦ＊にたまたま出会う。そして第一印象を次のように吐露している。〈Ｆ＊と初めて顔を合わせて、僕の心にまず浮かんだのは当然ながら、なんて醜い女性だろうという思いだった。〉

とても醜いと思った相手との出会いが深まっていくことはまず考えられないであろう。ところがそのうちに〈彼女の容貌の醜さに僕はすっかり馴染んでしまった〉という。それだけ彼女は洗練されていて、会話などにおいて魅力があったのである。しかもそれは醜さにもかかわらず魅力的というのではなくて、〈彼女の力強い個性——あるいは「吸引力」とでも称すべきもの——はまさにその普通ではない容貌があってこそ〉とされているように、逆説的ながら醜さゆえの魅力なのである。あるいは〈Ｆ＊が漂わせる洗練性と、その容姿の醜さとのあいだの大きな落差〉が彼女の魅力をなしていたのである。

興味深いのは、たとえば鼻や目などの顔の何かの部位の問題によって彼女の醜さが特徴づけられているのではなくて、全体的な印象によることである。メタファーというのが全体的なものであるのに対して、村上春樹は基本的にメトニミー的な作家で、だから耳であったり、禿げていたり、あざであったりという身体の部分的特徴が大事になる。たとえば『羊をめぐる冒険』の彼女は、耳専門のモデルをしている。ところがこのＦ＊という女性については、〈ひとつひとつの部分にはとくに欠陥らしきものはない〉とされるように、部分的でメトニミー的な醜さでないのが大切である。

語り手は別のコンサートの帰りに彼女に呼び止められ、二度目に会うことになる。偶然は二度あると必然となり、逆説的であるが一度だけの出会いは出会いとして成立しないように思われる。彼女の女ともだちとワインに誘われ、その女ともだちがたまたま電話があって中座したことによって、二人は音楽について二人きりで語り合うことになる。そしてお互いにピアノ音楽が好きで特にピアノの独奏曲が好きだということがわかる。

何度も指摘してきたように、出会いにとって共有するものが大切であり、共有あってはじめて出会いがある。それはこれまでの短編では短歌であり、芥川龍之介の短編「歯車」であり、ワグナーの音楽であり、ディッケンズの『荒涼館』などである。ここではピアノ音楽、ピアノの独奏曲が共有されるものになりそうである。しかしそれは趣味や興味を共有する程度であって、本当の出会いのためには不十分かもしれない。二人は究極のピアノ音楽としてシューベルトのソナタとシューマンのピアノ曲を選ぶことして一致する。そこからさらに彼女は究極のピアノ音楽として、「何か一曲だけを残すとしたら何がいいか」という問いを立ててくる。

「たった一曲だけ？」と語り手が問い直したのに対して、Ｆ＊は「そうよ、ただ一曲だけ」と答える。これはこれまでの話での共有とかなり異なる。まずこれまでは、たとえばディッケンズの小説『荒涼館』のように、たまたまそのときに選んでいたもの、あったものが偶然に一致して共有されることであったり、たまたまその場にあった本に含まれていた芥川龍之介の短編「歯車」が共有されたりすることであった。つまり共有に偶然の要素が強い。それに対してここでは意図的に一つの曲が選ばれるのである。それはポジティヴに言うと一つを選ぶことであるけれども、ネガティヴに言うと他の全てを否定し、排除することである。そこには一つの選ばれるものに対しての絶対のコミットと賭けがある。それは他を排除して、一つを選ばねばならない勝負の瞬間であり、河合隼雄の『こころの処方箋』[24]に「１００点以外はダメなときがある」という項があるように、80点ではダメなのである。心理療法において、セラピストは１００点以外は許されないような状況に直面することがある。１００点満点の答えが相手に響き、相手に共有されてはじめて出会いが生じる。

このむずかしい質問に語り手は考えを巡らせてから「シューマンの『謝肉祭』」と最後に思い切って口にする。それに対してＦ＊は即座に返事をしたのではなくて、まず「本当に『謝肉祭』でかまわないとあなたは思うわけ？」などと問い返し、同じように時間をかけてから「あなたはなかなか素敵な趣味をしている。そしてその勇気に感心する。うん、私もそれにつきあってもいいわ」と答え、「私も『謝肉祭』は昔から大好きなの。何度聴いても不思議なくらい聴き飽きない」と答えて二人は合意する。このようにして出会いが成立するのである。

この共有に意図的なコミットと賭けがあるということの他に、二人の関係がここに入っているというのも大切なことである。つまりあたかも出会いや恋愛のアプリにおいて、一つだけ好きなクラシック音楽の曲を選んでもらうというアンケートを実施して、その結果として一致したペアが出会ったというようなものではない。語り手は、F＊という相手を意識したからこそシューマンの「謝肉祭」を選んだのであり、しかもそれはのちに明らかになってくる、仮面を被った存在とか、表面を破って現れてくる非日常性などのF＊の存在に秘かに関係している。心理療法における夢も、基本的にはこころの自律的な働きから生じているとしても、セラピストとクライエントの関係から生じているとみなしたほうがよいときもある。ここでの共有は、ある曲の偶然の共有から出会いが生じたというよりも、二人の関係を前提として、それを深めるものとして共有する曲が生じたと考えたほうがよいのである。

4 「謝肉祭」同好会としての関係

「謝肉祭」一曲だけを残すというので意見が一致してからはじまった二人の関係は、〈私的な『謝肉祭』同好会のようなもの〉であった。〈僕らは三人のピアニストが『謝肉祭』を弾くコンサートに足を運び、全部で四十二枚の『謝肉祭』のレコードやCDを聴いた。そしてそれらの演奏について膝を交えて意見を交換した。〉

それぞれが「謝肉祭」のベストワンのレコーディングを選んだりもしたのだが、何よりも大事だったのは、〈自分たちの愛する音楽について深く語り合うことであり、熱意を抱ける何かをほとんど無目的に共有しているという感覚だった〉というのは非常に示唆的である。前節で共有について述べたように、ここには対象について絶対的に自分を捧げる側面と、相手と共有することの満足感という側面の両方が感じられるからである。

相手との共有という要素が大切であり、また語り手が十歳ほど年下の女性であるF＊と頻繁に会っているとすると、〈普通であれば家庭内で一波乱持ち上がりそうなところだが、僕の妻は彼女のことなど気にもかけなかった〉という。〈僕とF＊との間に性的な関係が結ばれるかもしれないというような疑念は、妻の頭には毛ほども浮かばないようだ〉とされている。つまり世の中でありがちな出会いからの展開であり、また村上春樹の作品では出会いがしばしば性的な関係につながるものの、そういうことはなかったのである。それを語り手は彼女の醜さがもたらした恩典だったと考えている。語り手の妻はF＊のことを、〈皮肉を込めて「あなたの素敵なガールフレンド」と呼ぶこともあった〉という。

これは、醜さのおかげで、表面的な興味でもって相手に近づかないからこそ、日常の次元を超えた関係を二人で深めることができたと考えられる。ユング心理学において、夢に登場する異性像がアニマやアニムスと呼ばれて、いわば魂の現れとして重視されるが、河合隼雄も、日本人の夢における女性像の弱さの問題に取り組んでいた。そのなかで明恵上人は、日本の僧にしては珍しく戒を護ったために、「善妙の夢」などに表れているように、女性像を深めることができた。[25] つまり現実の女性との分離や距離があったからこそ、女性像との関係を深めることができたのである。ヨーロッパ中世における宮廷恋愛は、不可能であるからこそ、文学としての深まりを見せた。語り手とF＊についても、不可能さや距離があるからこそ、関係が深まり、「謝肉祭」の音楽が表現する本質を追究できたのであろう。これは面接のための時間、場所を限って、個人的な関係にならないという治療枠を保っている心理療法でこころの深い次元に入っていくことが可能なのと似ている。

〈F＊の夫に会ったことはない〉とか、〈彼女は自らの過去についても一切口にしなかった〉というのも、これが個人的で日常的な関係ではないことを示している。だからこそ二人は純粋に音楽の世界を追究できた。〈しかし音楽以外のこととなると、彼女は僕にとってほとんど謎《エニグマ》に近い存在だった〉という。ここで実現されているのは、全くの非日常性であり、ある意味で心理療法で取り組まれていることと類似している。しかし心理療法においても、現実に非常に興味を持つセラピストと、あまり関心を持たないセラピストとに分かれるように思われ、イメージといういわば共有されるものに焦点を当てて、それを深めようとするユング派のセラピストは、あまり現実に関心を持たないことが多いかもしれない。

5　謝肉祭の意味

「この音楽には、やがて彼の中で魑魅魍魎《ちみもうりょう》となっていくはずのものが、次々に顔を見せているの。ちょっとした顔見せみたいに、みんなカルナヴァルの楽しげな仮面をかぶってね。あたりには不吉な春先の風が吹いている。そしてそこでは血のしたたるような肉が全員に振る舞われる。謝肉祭。これはまさにそういう種類の音楽なの」

F＊は、このように語っている。謝肉祭は、ドイツのカトリック地域では「ファスナハト」と言われ、それが断食の前夜を意味しているように、元々は四旬節《しじゅんせつ》の断食の前にご馳走を食べて羽目をはずすことがこのお祭りの起源とも、春の訪れを祝うキリスト教以前のお祭りに由来するともされている。スイスのルツェルンのように、謝肉祭で道化が祭りの期間中だけ王になったりする所があるように、価値の転倒がなされるときである。だから人びとは日常を離れて、仮面を被って仮装し、ふだんとは違う存在となる。

謝肉祭というお祭りには、この短編のテーマが隠されている。つまり謝肉祭では価値が転倒し、表と裏が反転し、隠されている不気味なものが現れてくる。F＊は次のように語っている。

「私たちは誰しも、多かれ少なかれ仮面をかぶって生きている。まったく仮面をかぶらずにこの熾烈《しれつ》な世界を生きていくことはとてもできないから。悪霊の仮面の下には天使の素顔があり、天使の仮面の下には悪霊の素顔がある」

仮面の下には逆のものがあって反転する可能性があって、一方だけのものではないという。彼女は続けて「シューマンは、人々のそのような複数の顔を同時に目にすることができた――仮面と素顔の両方を。なぜなら彼自身が魂を深く分裂させた人間だったから。仮面と素顔との息詰まる狭間《はざま》に生きた人だった」と語る。

それに対して語り手は、〈彼女は本当は「醜い仮面と美しい素顔――美しい仮面と醜い素顔」と言いたかったのかもしれない〉と思い、彼女が自分の何かについて語っていることを感じている。

果たして彼女の醜い仮面の下には美しい素顔があったのであろうか。ユング心理学には「ペルソナ」

という概念がある。ペルソナは役者の被る仮面に由来していて、それは社会に対して見せている顔や姿を意味する。たとえば警察官の着る制服や医師の羽織る白衣はその典型的なもので、それらは警察官や医師が社会に対して見せる顔を示している。そしてその仮面の下に内面としての本当のパーソナリティが隠されていると考えられている。しかしこれは極めて西洋的なパーソナリティの心理学的理解である。ギーゲリッヒ[26]も指摘しているように、前近代の世界での仮面は、祭りでの仮面からわかるように、隠すものではなくて、むしろ神々の現れである。謝肉祭で被る仮面というのは、仮面の下に自分の素顔を隠すというのと、仮面としてこの世ならぬものが現れるというのとの両方の意味があると考えられる。だからこの短編の仮面も単純なものではなく、反転していくものなのである。

村上春樹の長編において、いわば作中作品の短い物語があって、長編のストーリーからさらにその奥の小さな謎めいたストーリーに入っていく構造が見られる。たとえばそれは『1Q84』における、ふかえりの書いた「空気さなぎ」という不思議な物語であり、『スプートニクの恋人』におけるフロッピーディスクに残されたすみれの日記であり、『ねじまき鳥クロニクル』におけるシナモンのパソコンの中の文書のようなものである。ここでは「謝肉祭」という音楽の作品が、この短編の物語のさらに奥の世界を暗示している。

〈彼女は本当は「醜い仮面と美しい素顔――美しい仮面と醜い素顔」と言いたかったのかもしれない〉というところには、美醜の問題がまた出てくる。しかし〈彼女と寝なかったのは――というか、実際にそういう気持ちになれなかったのは――その仮面の美醜よりはむしろ、仮面の奥に用意されているものを目にすることを恐れたからかもしれない〉というのは大切な告白であろう。村上春樹の作品には、たとえば『1Q84』の小説家志望の天吾と謎の少女ふかえりの出会いのように、性的な遭遇によって違う次元のものに出会うというモチーフがよく見られる。パーソナリティの奥をつくり、その奥を恐れるのが近代自我であり、まさに一人称単数の特徴であるが、美醜を超えたところにあるパーソナリティの奥に入っての出会いを、語り手は恐れていたのかもしれない。その意味で語り手はF＊と出会っていながら、本当にはまだ出会っていなかったのかもしれないのである。

6　仮面の下、パラレルワールド

しばらくF＊からの連絡はなく、語り手は新しい二枚の「謝肉祭」のCDを手に入れて、それを彼女と一緒に聴きたいと思って何度か連絡していたのだが、返事は来なかった。そんなときに、テレビのニュースで語り手の妻が彼女を目撃し、教えてくれる。

〈女性アナウンサーはF＊の実名を口にし、大型詐欺事件の共犯として＊＊署に逮捕された経緯を告げた。報道によれば、事件の主犯は彼女の夫であり、その夫は数日前に既に逮捕されていた。〉それは衝撃であったが、さらに〈その男があまりに整った顔立ちをしていることを知って、言葉を失った〉という。二人は資産運用の詐欺で逮捕されたという。

ここには出会っていた女性F＊の全く別の、語り手が知らなかった否定的な側面が突如として現れてきている。深く興味深い出会いをしていると思っていたが、彼女には全く別の側面、顔があったのである。出会いがいかに本質的であったとしても、瞬間的で部分的であるからこそ、最初の出会いではわからなかった側面がのちに現れてくることは多い。あるいは出会いは時とともに裏の関係に開かれていき、それはまた思わぬ形での新しい出会いになるのかもしれない。彼女については〈醜い仮面と美しい素顔〉とされていたが、醜い仮面の下にあったのは、美しい顔ではなくて、人を騙したり、罪を犯したりするような、もっとおぞましい姿であったのである。あるいは音楽についての高尚で洗練された議論をしていた輝かしい彼女には、それとは全く異なる、人を騙して金銭を集めようという犯罪に関わる闇の側面があったのである。

その二つの世界はパラレルワールドのように、全くつながりがなさそうである。よくあるように、それまで知らなかったような側面を、後になって本人との関わりから直接に突然知るようになって驚かされるというのではない。たとえば、趣味や社会活動などのとても高尚で意義深い話を持ちかけられることによって親しくなった人に、のちに次第に高額の寄付やマルチ商法などを押しつけられようとしたり、実は自分の財産を狙おうとしていたことがわかったりして困惑させられるなどというよくある話ではない。だからニュースを見て、語り手の妻が「投資の話をもちかけられたりはしなかった?」と語り手に尋ねているのももっともなことである。しかしそういうことは全くなくて、音楽の話から投資の話に移っていって、彼女の闇の部分に直面することはなかったのである。この話での影の側面はあくまでニュースによって知ったもので、直接に経験したものではないのが特徴的である。

7　別の相手の存在と結婚の四位一体性

これまで全く話題にされなかったF＊の夫が、ここで突然に登場するのが興味深い。パートナーとの関係というのは、どの関係を中心にするか、たとえば語り手の夫婦の関係を中心にするか、「ガールフレンド」と呼ばれているF＊との関係を中心にするかによって見方が異なってくる。しかしいずれにしろ、パートナーの浮気相手や自分とは別の恋人というのは、現実的には非常に不快でやっかいなものでも、既に指摘したように心理学的に興味深く、意味深いもので、夢のモチーフとしてもよく登場する。つまり自分のパートナーの浮気相手や自分とは別の恋人は、パートナーがその人に自分とは異なる側面を求めて見いだしていると考えられるので、自分にはないものを持っている人であることが多いからである。従ってパートナーの別の相手とは、特に夢に現れた場合には自分にはなくて、自分が取り入れる可能性がある発展性のあるものを象徴している大切なものである。ユング心理学で言うところの「影」と関係している。さらにはパートナーには自分とは関係のない独自の世界があるということを示していたりする。ここでは、詐欺師で美男というのが語り手にないものなのである。

既に取り上げたが、ユングは、結婚の四位一体性ということを心理療法における治療関係やカップルの関係を考えるときに重視する。元々は錬金術において、錬金術師とその助手である神秘の妹というペアが仕事をしていたのに対して、それとは異なる次元でのフラスコの中での出来事とそれをイメージとして象徴化した王と王妃の関係があり、錬金術の作業において大切なのは、この王と王妃の結合であった。そしてその関係には四人の人物が関与していることになる。それを治療関係に応用し、便宜上女性のクライエントと男性のセラピストとすると、そこにはクライエントとセラピストとそれぞれの無意識の男性像と女性像の四者が存在することになる。

錬金術と同じように現実のセラピストとクライエントはこころの共同作業をするものの直接関係を持ってはならず、それぞれの女性像と男性像とのイメージでの関係が大切なのである。これをこの物語に応用すると、語り手と妻という現実の関係に対して、F＊という女性は、語り手の無意識の女性像と考えられる。しかし「謝肉祭」という曲を共有することで非日常の世界に関わっていると思っていたのに、その女性は、実は詐欺師である夫とペアを成していて、もっと非日常な世界に生きていて、それが詐欺事件として浮上したのである。

語り手が知らなかったF＊の影の面について、テレビのニュースを通じてではあっても、語り手の妻が最初に知るのが興味深い。つまり結婚の四位一体性の図式を用いると、語り手がF＊と秘かな深い関係を持っているのと同じように、物語の流れによると語り手の妻が無意識的にその夫とつながっていて、影の面を教えてくれるのである。語り手とF＊の関係に妻は何の関心も示さなかったし、関与もなかったにもかかわらず、妻のいわば無意識は、F＊の夫とつながっていたことになるのである。

またこのF＊の影の側面は、様々な意味で近代的な一人称単数への疑問を投げかける。主体的で統合されている一人称単数が仮面の下に全く違う人格を持っていることを暴いたのはフロイトをはじめとした無意識を仮定する深層心理学であり、そこには単数ではなくて意識と無意識の二つの人格がある。また二人の関係に「謝肉祭」という曲のような共有するものが関与すると、要素は三つになる。さらには結婚の四位一体性による解釈が明らかにしたように、四つの人格が関与していることになるのである。

8　すれ違いと醜さ（美）への問い

しばらくニュースに取り上げられてから、F＊は語り手の前から完全に姿を消した。しかし語り手は「謝肉祭」が演奏されるコンサートがあれば足を運び、新しいレコードが出れば購入してそれの評価をしていて、いまだに「謝肉祭」という曲を追い続けている。出会った相手は消滅しても、共有されたものは続いていくのが興味深い。

そこから〈それよりももっと過去にさかのぼる話〉として突然に話は変わって、また容姿がテーマになる。語り手は大学生のときに一度、あまり容姿がぱっとしない女の子とデートしたことがあるという。友人に誘われて、友人とそのガールフレンドと、彼女と同じ寮に住んでいる女の子と四人でダブルデートをして、軽く食事をした後で、それぞれが二人ずつになり、語り手は彼女と公園を散歩した後に喫茶店で話し、彼女は大学でクラブに入っていて、小さい頃からしていたテニスの話をしたが、語り手はテニスをしたことがなく、語り手はジャズの話をしたが、彼女はジャズについてほとんど知らなかった。それでも彼女は熱心にジャズの話を聴いていた。別れ際に彼女は手帳の白紙の部分に自分の住んでいる寮の番号を書き、そのページをきれいに破って語り手に手渡した。これは彼女の側からするとまた会ってもよいという気持ちの表明と考えられる。

後日に友人が「ブスな女の子を連れてきて悪かったな」と謝ってきた。それに対して語り手が、彼女に電話してみなくてはと思ったのは、そのような単純な美醜についての考え方で人の評価や人間関係を片づけたくなく、彼女との出会いにはすれ違いにもかかわらず何かが動いていたのではという気持ちがうかがわれる。ここにも美醜の問題を乗り越えようという意図が見られるのである。

しかし電話番号を書いた紙がどうしても見つからず、語り手はその女の子に結局は電話できずに終わってしまう。これはどのように考えられるのであろうか。

フロイトには失錯《しっさく》行為という考え方がある。つまり言い間違いや忘れものをはじめとする失錯行為は単なる偶然ではなくて、そこに無意識の意図と意味があるというのである。その考え方に従うと、ここで電話しようとしていながら、電話番号を紛失していたことは、実のところ語り手はその女の子に意識的には連絡を取ろうとしているものの、無意識的には再会しようとしていなかったのではということになる。二人は出会えていなかったのである。出会いは二度あって成立すると述べたが、その二度目が生じなかったのである。

この話はまさに出会い損ねの物語である。つまり二人は話をしようとしたけれども、彼女はテニスの話をし、語り手はジャズの話をして、お互いに共有するものがない。本書で何度も強調しているように、出会いにおいては共有されるものが大切である。この二人には残念ながら共有される第三項がなかったのである。しかし物語としては、共有されるものがなかったというよりは、彼女が美しくなかったことが重要なようになってしまっている。友人の美醜に判断基準を置く考え方を訂正しようとしたけれども、それは実現されなかったのである。

またここで二つのペアが登場するのが興味深く、これもある種の結婚の四位一体性として捉えることができる。友人とガールフレンドは少なくともそのときはつながっているペアであるけれども、それは語り手とダブルデートに連れてこられた女の子との間の、つながらず出会えないペアで補完されている。出会いや関係は、出会えなさやつながらなさによって補完されてこそ、完全なものになることを示しているようなのである。これも出会いの否定的な側面を示していると言えよう。

第七章　出会いと自分の影　「一人称単数」

出会いは、他者との出会いであるようで、実は自分自身との出会いでもある。なぜなら他者に出会うことによって、他者の視線を通してはじめて、それをいわば鏡にして自分自身に出会うことが可能になるからである。鏡に自分を映し出してみると、自分はすごいとか美しいと思うよりは、自分の嫌なところやダメなところに気づかされる場合が多いので、それは必然的に否定的なものを含む。この短編集全体のタイトルにもなっている「一人称単数」では、そのタイトルにふさわしく、思わぬ出会いを通しての自分に焦点が当たり、また前章に引き続いて、出会いの否定的な側面がクローズアップされる。

1　仮装する自分と転倒した世界

語り手は〈普段スーツを身に纏《まと》う機会はほとんどない〉という。〈場合に応じてカジュアルなジャケットを着ることはあるが、ネクタイまでは結ばない〉と付け加えている。これはこの人の自由な生き方や職業を反映している。警察官や電車の運転士など多くの職業には制服があるし、制服はなくてもスーツを着るのが当然という職業は多い。最近は温暖化の影響もあって、特に夏における服装は軽装に変化してきているけれども、通勤時間帯の電車に乗るとスーツを着ている男性が多いのは実感できる。この人の職業は、そのような服装に縛られていない自由なものなのであり、それはこの人のこころのあり方や生き方も自由であることを反映しているであろう。

〈しかしときどき、とくにそんな必要もないのに、自ら進んでスーツを着てネクタイを結んでしまうことがある〉という。それだけではなくて、〈せっかくこうしてスーツを着たんだから、すぐに脱いでしまうのもつまらないし、この格好で少し外に出てみようかという気持ちになる。そのようにして私はスーツを身に纏い、ネクタイを結んだ姿でひとりで街を歩く。それなりに悪くない気分ではある。顔つきや歩き方も普段とは少し違っているような気がする。そういう日常から離れた、新鮮な感覚がある〉。

これはある種の仮装であり、服装を変えることによって〈顔つきや歩き方も普段とは少し違っているような気がする〉というように、いつもとは違う自分になることである。しかし前章で取り上げた謝肉祭における仮装などは、むしろ通常着ている仕事着と違う服装をし、それどころかピエロやお化けなどの扮装をして、それによって非日常を実現することである。たとえばいつもは堅いスーツを纏い、ネクタイを締めて出勤している会社員の男性が、派手なジャケットを着てみたり、スポーツウェアに身を包んでみたり、場合によっては女装をしてみたり、キャラクターの姿をとってみたりするなどということも考えられる。ユング心理学において、社会に示す顔としての「ペルソナ」という概念があることを前章で取り上げたが、スーツを着てネクタイを締めるというのは、制服と同じく社会に見せるペルソナを具現しているあり方であろう。それに対して仮装とは、社会に向けている仮面であるペルソナを捨てて、自分の素顔をさらしたり、全く異なる非日常的な仮面を被ったりすることと考えられている。またペルソナが社会に対しての顔であるように、常にそれを見る他者の存在が前提とされているのも大切である。

ところがここでの仮装は、むしろ通常のものとは全く逆のパターンで、ふだんは緩くカジュアルな服装をしている人が、堅いスーツを着てみるというものである。これは仮装の意味としては転倒してしまっている。つまりふだんの社会的な姿を捨てて、非日常に遊ぶのが本来の仮装の意味なのに、逆に社会から一般的に期待されている姿をすることが、この語り手にとっての仮装になり、むしろ非日常になってしまっているのである。多くの人はペルソナを持って、それに縛られているがゆえに、そのペルソナを捨てて仮装をしようとする。しかしこの語り手は、ペルソナを持たない、あるいはペルソナが弱くて緩いので、逆に仮装をするときにペルソナ的なものを纏ってしまうのである。

2　仮装と自己欺瞞

通常においてはスーツを着るということが、仕事や状況から求められているふさわしい姿をするという意味や目的を持っているのに、この語り手の場合には、〈とくにそんな必要もないのに〉とされているように、別に仕事のためや、たとえばある種のフォーマルなパーティーやコンサートのようにその状況から求められているからスーツを着ているわけではない。従ってスーツを着ることに特に何の必要性も意味もない。それは単なる気まぐれな思いつきで、自己満足的なものに過ぎない。さらには、女装などの場合には、そのコスチュームを纏ったり、女性に姿を変えたりすることに憧れがあり、そのような姿を似せることによってそれになりきって満足しようとする気持ちがあるのに対して、この場合には特にそのような願望がないのが特徴的である。きちんとしたスーツを着る仕事に対しての羨望があったり、きちんとしたスーツを着て参加する場への憧れがあったりして、せめてその服装をすることでそれを満たそうとするわけでは全くないのである。

この場合のスーツを着ることは全くの気まぐれな自己目的であり、自己満足なのである。そこにはコンテクストが欠けていて、スーツを着ることが目的も期待も持たずに、それだけでいわば浮遊してしまっている。それはスーツを着ている「私」が浮遊していることを示していて、根づいていない私、つまり空っぽの一人称単数を象徴しているかのようである。地理学者であるイーフー・トゥアンの西洋の歴史研究が示しているように、そもそも一人称単数の「私」ということばが日記などで頻繁に用いられるのはヨーロッパでも近代になってからで[27]、非常に近代意識や近代自我に特有のことと考えられる。日本語においては、一人称単数はそもそもあまり用いられず、しかも使われるときにも文脈や関係によって様々な言い方があるということは、確立された近代自我との違いを示している。西洋で確立された近代自我の一人称単数は、外の社会への表の顔と、そこから隠された内面を持っていた。ところがここでの一人称単数は、外への顔も、それに覆われた内面も持たない、いわばポストモダンの意識に特徴的な、浮遊するものと言えよう。

語り手はせっかくスーツを着たのだからと外に出るが、〈一時間くらいあてもなく通りを歩いているうちに、目新しさも次第に薄れてくる〉。それは、オフィシャルな会に行くなどの目的をもってスーツを着ているのではないから当然のことだと考えられる。〈スーツを着てネクタイを締めていることに疲れ、首まわりもむずむずして息苦しくなってくる〉というのは、単にスーツを着こなすことに慣れていないからというだけではなくて、そこには必要のないことをしているという心理的な無理があり、自己欺瞞が含まれているからだと思われる。自分自身との不一致が自分を疲れさせるのである。しかも自分の望まないことをさせられているという不一致ではなくて、奇妙なことに自分がわざわざ不一致なことをつくり出しているのである。

かくして語り手は自宅に戻って革靴を脱ぎ、スーツを脱ぎ、ネクタイを外して、いつものラフな服装に着替えてくつろぎ、落ち着く。そしてスーツを着て外出することについて、〈ほんの一時間ばかりの害のない――少なくとも私にとってはとくに罪悪感を抱く必要のない――秘密の儀式なのだ〉としている。確かに仮装し、違う自分になることは大切かもしれない。しかしそれには、シンデレラが魔法によって美しい衣装を得て、王子様の招待するパーティーに出席できたような願望や目的がない。儀式は最初には内実があっても、続けていくうちにその意味がわからなくなって、形骸化してしまうのはよくあることである。成人式などはそれの典型であろう。しかしここでの「秘密の儀式」は、最初から内実がなくて、形骸化した儀式なのである。またここでの自己欺瞞や疲れ、それにここでは否定されている罪悪感は、この話の後の展開への伏線となっていく。

3　仮装と罪悪感・違和感

さて、ある日のこと、語り手の妻は中華料理を友人と食べに行って、残された語り手は家に一人きりになる。つまり日常のコンテクストや関係から外れて、一人でいるわけである。しかも音楽を聴いても、読書をしても集中できず、何をすればいいのかうまく思いつけない。われわれは毎日、何時に起きたりとか、仕事や学校に行ったりとか、ある程度することが決まった、日常のリズムのなかに生きている。それは誰かと暮らしていたり、どこかに行くことであったりという人間関係のなかにいることでもある。そのような日常のリズムと関係は束縛であると同時にある種の守りになっていて、そこから外れるとき、何らかの空白が生まれるときに、隙間に忍び込むように、時には不思議なことや危険なことが起こることがあって、ここでもそうなのである。

することがない語り手は〈たまにはスーツでも着てみようかという気持ちになった〉。このようにして、語り手は日常を外れ、非日常に入っていくことになる。

数年前に買ったポール・スミスのダーク・ブルーのスーツ（必要があって買ったのだが、まだ二度しか袖を通したことがない）をベッドの上に広げ、それに合わせてネクタイとシャツを選んだ。

淡いグレーのワイドスプレッドのシャツに、ローマの空港の免税店で買ったエルメネジルド・ゼニアの細かいペイズリー柄のネクタイだ。全身鏡の前に立ち、スーツを着てネクタイを結んだ自分の姿を映してみた。悪くはない。少なくとも目に見えるような落ち度は見当たらない。

料理にしろ、服にしろ、描写が細かいのが村上春樹の小説の特徴である。それはこのストーリーの本質からするとあまり意味がないにもかかわらず、それが詳しいのが話にリアリティを与えると同時に、逆に空虚な感じもかもし出すことになる。

しかしその日の語り手は、鏡の前に立って〈一抹の後ろめたさを含んだ違和感のようなもの〉を覚えることになる。それは、〈自分の経歴を粉飾して生きている人が感じるであろう罪悪感に似ているかもしれない〉とされている。でも自分は全て合法な手段によって生きてきているので、〈どうしてそのような罪悪感、ないしは倫理的違和感を抱かなくてはならないのだろう?〉といちおう自問し、反論するわけである。

前節で、スーツを着るということが何の目的も持たず、それが自己欺瞞でもあることを指摘した。ここで感じられている罪悪感はその意味の延長線上にあると思われる。仮装をするとき、それどころか何らかの服装をするときには、当然ながら自分との不一致が生じる。祭りで鬼の面を被ったり、男性が女装したりするときだけでなくて、ユングのペルソナ概念が明らかにしたように、仕事のためにスーツを着るときにも、自分の素顔とかふだんの姿とのずれがある。しかし祭りで鬼の面を被るときには、鬼を体現しようという気持ちや、観客が鬼の姿の現れるのを見ようという期待があり、スーツを着るときも、その仕事や場にふさわしい姿が求められていて、それに応じようという心構えがある。しかし語り手がスーツを着るのには何の目的も、周囲からの期待もない。これは自分の中だけの勝手な自己満足であって、いわば空回りなのである。

しかし人間は何もない空白に耐えられない。そもそも何もないことに耐えられないから語り手は仮装をしてスーツを着たのであるが、それはますます何もない感覚をつきつける。語り手はバーに行ってカクテルでも飲むことにし、ウォッカ・ギムレットを注文し、読書にふける。しかし読書に集中できない。〈私が先刻から感じ続けている漠然とした違和感のせいであるようだった。そこには微妙なずれ、いの意識があった〉というのは、その空白を埋めることができない意識の描写として正確である。

カウンターの向かいの壁には、様々な酒瓶を並べた棚があった。その背後の壁は大きな鏡になっており、そこに私の姿が映っていた。それをじっと見ていると、当然のことではあるが、鏡の中の私もこちらの私をじっと見返していた。そのとき私はふとこのような感覚に襲われた――私はどこかで人生の回路を取り違えてしまったのかもしれない。そしてスーツを着てネクタイを結んだ自分の姿を見つめているうちに、その感覚はますます強いものになっていった。見れば見るほどそれは私自身ではなく、見覚えのないよその誰かのように思えてきた。しかしそこに映っているのは――もしそれが私自身でないとすれば――いったい誰なのだろう?

自問は続く。

もしひとつでも違う方向を選んでいたら、この私はたぶんここにいなかったはずだ。でもこの鏡に映っているのはいったい誰なのだろう？

このような違和感や問いかけが生じてくるのは、スーツを着るということや、スーツを着た自分が何の目的もコンテクストも持たないからで、当然のこととも言えよう。ずれはあっても、運転士が運転士たろうとするように、われわれは自分が社会に対して見せる顔と多少とも同一化している。だからこそ逆説的に本来の自分と仮の自分との関係も生じてきて、このような自己関係や自己意識、つまり自分と自分の関係というのは近代意識の特徴でありベースである。これを基に自分を振り返るという心理療法も成立している。しかしここでのスーツを纏った語り手の姿は全くの恣意的なもので、仮の自分に何の必然性もなく、定点となりえない。すると仮の自分と本来の自分との関係は生じてこない。これは私への、一人称単数への疑問を強めていく。そしてこのようにいつまでも定点がなく浮遊するというポストモダン的なあり方に耐えられないからこそ、何らかの相手やコンテクストが呼び込まれることになる。それが次に登場する女性である。

4　他者の現れ：バーの女性

バーに座っていた語り手は鏡のなかの自分に自問しているうちに訳がわからなくなって混乱していた後、〈本をいったん閉じ、鏡から目を逸《そ》らせた〉。これは鏡のなかにしろ、本のなかにしろ、狭い自分のなかだけを巡ることをやめて、その外に出ようとしたことを意味していて、画期的な変化である。慌てて外に解決策や助けを求めるのではなくて、自分自身を振り返り、見つめ直すことが重要であるはずの心理療法においても、時には狭い自分のなかをグルグルと回るだけになってセラピーが膠着《こうちゃく》し、それゆえにそこから外に出ていくことが大切になったりする。ここでも外に出ることによって、他者、つまりある女性が発見されるのである。〈無人のスツールを二つ挟んだ右手の席には一人の女性が座って、名前の知れない淡い緑色のカクテルを飲んでいた。〉飲んでいるカクテルの名前が知れないというのも、この女性が語り手にとって未知な存在であることに対応し、それを象徴している。定点を持たず浮遊する「私」が意外な形で誰かに遭遇するというのは、村上春樹の小説において初期のころから非常によく見られるモチーフである。そもそもデビュー作『風の歌を聴け』における鼠と言われる男性との出会いもそのようなものである。

座った女性が、鏡に映っているのを語り手はひそかに観察していた。鏡に映る女性を観察するのが興味深い。これはもちろん現実の出来事として描かれているけれども、これがもし夢のなかのシーンならば、鏡は自分を映し出す自分のこころのなかのこととみなすことができるので、彼女は自分のこころのなかの人物として位置づけられていると解釈できるであろう。自分のなかだけを狭く巡って行き詰まることから外に出て、ついに他者に出会ったつもりであったけれども、それは再び自分のなかの世界に取り込まれているのである。

ところが十五分ほどあとに、彼女はいつのまにか語り手の隣のスツールに座っていた。これはこれまでのような鏡を通した関わりではない。ここではじめて語り手は他者に直接に出会っていると言えよう。しかも語り手のほうは何もせずに受動的であるのに対して、アプローチは相手から積極的になされる。彼女は「ちょっとうかがってよろしいでしょうか？」と話しかけてきて、後からわかるようにさらに語り手にからんでくるので、他者は強く迫ってくる。これも出会いであるけれども、ロマンチックでときめくようなものでも、初期の村上春樹の作品にしばしば見られるようなセクシャルなものでもなくて、極めて否定的な出会いである。しかし思春期に頻発する動物や怖い人に追いかけられる悪夢などから考えても、他者はまず暴力的で否定的に現れてくることが多い。

「そんなことをしていて、なにか愉《たの》しい？」と彼女はいきなり尋ねてきた。この意表を突く、挑発的な問いかけに対して、語り手が「そんなこと」とは何を指しているのかを問い直すと、「洒落たかっこうをして、一人でバーのカウンターに座って、ギムレットを飲みながら、寡黙《かもく》に読書に耽《ふけ》っていること」と彼女は答える。語り手は「ギムレットじゃなくて、ウォッカ・ギムレット」と些細なことにこだわって訂正するが、女性は「なんだっていいけど、そういうのが素敵だと思っているわけ？　都会的で、スマートだとか思っているわけ？」とたたみかけてくる。突然に現れた他者は、語り手がスーツを着ていることに対しても批判してくるので、否定的な形ではあっても、ここでようやくスーツを通した他者との関わりや出会いが可能になるように見える。

5 自分の知らないことを知っている女性

この女性は明らかに最初から意図的に語り手にからんできているので、語り手自ら指摘しているように、このような場合にはあまり関わらずに早々に立ち去るのが賢明であろう。しかし語り手は「失礼ですが、私はあなたのことを存じ上げていましたっけ？」と思い切って相手に尋ねて、関わろうとしていく。それに対して彼女は相変わらずけんか腰で、「存じ上げていない、いい、いる？　いったいどこからそんな言葉が出てくるわけ？」と答える。その後、彼女は「素敵なスーツね」と言った後、ひとしきり語り手の衣装についてコメントする。ここではじめて他者から見たスーツが話題になるが、それはあまり展開しない。「偶然の旅人」では読んでいた本から出会いが生じて深まっていくが、スーツは二人の間で本質的に共有されるものにならず、またここで語り手が読んでいる本も共有されるものにならないのである。そもそも語り手が、自分の着ているスーツを気に入ってそれに同一化しているわけでもなく、自分の読んでいる本がおもしろくないと思っているので、たとえそれが女性によって共有されても、出会いが深まる可能性は低いのであるが。自分の側のコミットが弱いと、自分の関わっているものが相手に共有される可能性はほとんどない。

彼女は、「あなたはたぶん私を存じ上げていないと思う」として、直接には語り手と知り合いではないけれども、「私はあなたのお友だちの、お友だちなの」と言う。そこから彼女は、言いたかったことを語り手に一気に突きつける。

「あなたのその親しいお友だちは、というかかつて親しかったお友だちは、今ではあなたのことをとても不愉快に思っているし、私も彼女と同じくらいあなたのことを不愉快に思っている。思い当たることはあるはずよ。よくよく考えてごらんなさい。三年前に、どこかの水辺であったことを。そこでご自分がどんなひどいことを、おぞましいことをなさったかを。恥を知りなさい」

この非難を聞いて、語り手はバーを足早に立ち去っていく。それは〈どう考えても身に覚えのない不当な糾弾だった〉のである。これも瞬間の強烈な出会いであるけれども、非常に不愉快な出会いである。彼女の言っていることは、語り手には全く共有のできないことである。何かの出来事が、相手にとって全く異なるように体験され、受けとめられているというのはよくあることである。たとえば、自分では素敵なデートだったと思っていても、相手は非常に退屈に感じていて、二度と会いたくないと思っていたなどということもありうる。うまくいったと思っていた仕事でのミーティングが相手側からすると真逆の印象であったことなども。しかしここでは、そもそも三年前にどこかの水辺であったことという指摘自体が全く身に覚えのないことだったのである。

このように、自分が行ったこと、しかもひどくおぞましいことを行ったのを全く覚えていないということは実際に起こりうるのであろうか。『海辺のカフカ』で、東京の父親の元から飛び出してきたカフカ少年は、高松の神社で自分が血まみれになって倒れているのに気づき、その同じときに父親が何者かに殺されている。警察が、家出していったカフカ少年が何らかの事情を知っていると考えて追跡したように、東京から離れた高松にいるカフカ少年とは異なる、別の分身であるカフカ少年が父親を殺したのであろうか。心理学や精神医学においては、ドッペルゲンガー（二重身）や解離性障害というのが知られている。つまり自分の通常の自我意識とは異なる別人格が、自分の全く知らない間に何かを行い、それが全く記憶に残っていないということである。あるいは中世などによくあったように、何かの霊が取り憑いて行動して、自分はその間に何をしたのかを全く覚えていないということがある。またE・T・A・ホフマンをはじめ、分身の現象を描いてきた作家は多くいる。この語り手は、ふだんはスーツを着る必要がなく、自分を縛り、固定する必要のない人である。しかも全く必要がないのに時々スーツを着てみるという非常に浮遊したあり方をしている。自分では全く気づかないにもかかわらず、別の自分がおぞましいことをしている可能性があるというのは、この人のあり方に沿っていると考えられる。

ともかく、自分の知らない出会いが過去に起こっていて、しかも水辺での、ある女性へのおぞましい行為であるとすると、それは自分の中の違和感と罪悪感に呼応しているかもしれない。自分は全く知らないけれども、バーで出会った女性が「恥を知りなさい」と言ったように、自分はそれに責任があるかもしれないのである。

6　知らない自分との出会い

語り手には、自分では全く知らない自分が、女性とのおぞましい出会い方をしていたかもしれないということが突然に告げられた。「謝肉祭」の物語では、F＊という女性におぞましい面があることを突然に知って驚かされるが、ここでは相手ではなくて、自分がおぞましいことをしたと指摘されて驚くことになっている。相手についてならありうるが、自分についてはありえないと普通は考えられるであろう。これまでも参考にした二つのペアから成り立つ結婚の四位一体性の図式を少し変形しつつ用いて検討して、どのようなことが起こっていたのかを明らかにしたい。

「謝肉祭」では、語り手が高尚で美しい音楽の世界を共有していたF＊という女性が、全く別のおぞましい側面を持っていて、夫と詐欺事件を起こしていて逮捕されたことが突如としてテレビのニュースを通して明らかになった。つまりF＊は、語り手と音楽の趣味を共有しているカップルと、夫と詐欺事件を働くカップルとの両方の関係に登場するが、その二つは全くつながっていない。語り手が会っているときに知っていたF＊とは全然違う否定的な面が暴かれてきている。それを媒介したのはテレビのニュースであり、そのニュースを知らせてくれた語り手の妻である。また醜い女性であるとされているF＊が、その外見とは全く異なる音楽という高尚で美しい面を語り手との関係で示していたというギャップがあったが、その美しさがさらに反転して犯罪をするという醜い面が現れたことになり、出会いにおいて美しさと醜さとの間で二重の反転とギャップが生じている。

「一人称単数」では、語り手はバーで隣の席に座って、自分に意図的にからんでくる、攻撃的な女性と会っているが、自分自身でも知らない自分がその女性の友だちにおぞましいことをしていたようなのである。ここでもバーで出会ったカップルと、三年前の水辺で会っていたカップルという二つのカップルがあるが、語り手が二つの関係に共通する同一人物であるはずにもかかわらず、その二つは語り手のなかではつながっていない。つないでいるのは、語り手が知らない自分の過去の出来事を聞き及び、それを指摘した、バーで出会った女性である。「謝肉祭」では相手の女性のおぞましい面に出会って驚かされるのに対して、ここでは自分の全く身に覚えのないおぞましい面に直面させられて驚かされるのである。また自由で軽やかな姿をしている自分が、必要もないのにスーツを纏った堅いまじめな自分になったふりをし、それがさらにおぞましいことをしていた可能性があることが指摘されるというように、「謝肉祭」におけるF*という女性のように自分のあり方がリラックスしたあり方から硬いあり方へ、そこからさらにおぞましいあり方へと反転を繰り返すのも興味深い。

いずれにせよ問題になっているのは、出会いにおける否定的なものであり、暴力的なものであり、また否定的なものとの出会いである。出会いは未知のものとの関係なので、通り魔ほどではなくても、否定的なものと思わず出会ってしまう可能性は常に存在する。語り手は、からんできて非難してきた女性に反論したり、具体的な説明を求めたりはしなかった。その理由を次のように述べている。

〈私はたぶん怖れていたのだと思う。実際の私ではない私が、三年前に「どこかの水辺」で、ある女性——おそらくは私の知らない誰か——に対してなしたおぞましい行為の内容が明らかになることを。そ

してまた、私の中にある私自身のあずかり知らない何かが、彼女によって目に見える場所に引きずり出されるかもしれないことを〉

〈私の中にある私自身のあずかり知らない何か〉こそが、水辺での出会いにおいて、そしてバーでの出会いにおいて引きずり出されようとした一人称単数に潜んでいる闇であり、出会いの背景にある否定的で暴力的なものなのであろう。出会いは未知のものとしての自分に出会わせ、震撼させるのである。

ここでは具体的な説明を求めなかったので、おぞましいことが何かは明らかになっていない。それはひょっとしたら、「ウィズ・ザ・ビートルズ」で、高校時代のはじめてのガールフレンドであるサヨコと、特別な鈴を鳴らしてくれないので別れてしまったようなことかもしれない。彼女はずっと後に三十二歳で、二人の子どもを残して自殺してしまう。それは語り手と十年以上も昔に別れたことと何の関係もないことかもしれない。しかし彼女の兄が「サヨコは君のことがいちばん好きやったんやと思う」と言ったように、そのことは大きなことだったかもしれず、語り手が彼女に対して行い、告げたことは後々まで引きずるような、とても「おぞましいこと」であったかもしれないのである。

7　出会いの謎

語り手は、バーで出会った女性によって、全く自分の記憶にないおぞましい自分を突きつけられた。一人称単数には、自分の気づいていない闇と暴力性がある。しかしその女性の語った話は、実際にあったのではなくて、その女性、あるいはその友人によって作られ、でっち上げられているだけかもしれない。

心理療法を行っていると、過去の人間関係についての語りにおいて、常にそのような謎に接することになる。相手からすると、つまりこの文脈では語り手からすると普通に接していたのに、水辺で会っていた女性にとってはおぞましいように感じられたことであったのかもしれない。あるいは語り手に心当たりがないように、二人は会ったこともなくて、そもそもその女性のなかでできあがった妄想のような話なのかもしれず、それを友だちであるバーで出会った女性に話し、それが信じられただけかもしれない。それどころか、元々の話には関係なく、バーで出会った女性が、そのような話を聞いたように思って、つくり出したのかもしれない。

水辺で起こったおぞましい出来事は実際に起こっていないとしても、このような話は必ずしも意図して嘘として語られたり、歪曲されたりして作られているのではないであろう。本人たちのこころにとっては、ある種の真実性を持つものなのである。近年、フェイクニュースやフェイク動画などのように、根拠のない話が意図的にある方向づけをするために作られ、それが信じられることが多く生じているが、それらのように意図的に作られた嘘とは一線を画しているとも言えよう。もっともフェイクニュースなども、いくら真実から離れているとはいえ、それを信じたい人たちの気持ちや願望にフィットするから信じられるのであるが。

この「一人称単数」という物語においても、どちらの可能性もあると考えられる。つまり自分の知らないところで出会いが生じていたのかもしれないし、また自分の知らない、自分についての物語が勝手に作られていたのかもしれない。それは二重の意味での一人称単数の不確かさを示している。しかしいずれの可能性にしろ、語り手にとっては、そのようなおぞましい話が突きつけられたことは意味がある。それは浮遊するポストモダンの一人称単数の影の面を厳しく指摘する出会いなのである。「恥を知りなさい」と。

おわりに

本書では、村上春樹の『一人称単数』の個々の短編を主に取り上げて、そこでの出会いに注目することによって、出会いとは何かを探求してきた。初期の「パン屋再襲撃」では出会いが生じず、すれ違いに終わり、コミュニティや人のつながりの失われた世界が描かれていた。それに対して、それから二十年後に出版された「偶然の旅人」や近作の『一人称単数』の多くの話では出会いが実現している。村上春樹の作品については、デタッチメントからコミットメントというような見方がなされるが、それに対応するかのように出会いについても、初期の作品において出会いがまさにデタッチメントとしてすれ違いになることが多かったのに対して、コミットメントの高まりとともに出会いが実現するように展開していったと考えることができよう。村上春樹は『一人称単数』について、インタビューで「『僕ではないけれど、僕がこうであったかもしれない』一人称の観点が主人公」としている。[28] 個々の物語における様々な形での主人公は、それに対応しての様々な他者に出会っていくので、一人称単数を描いたとも、それに伴う出会いの諸相を描いたとも捉えられる。本書は一人称単数の面よりも、それが出会っていく他者のほうに焦点を当てたものである。

出会いが実現するためには、他者が現れてこないといけないのは当然であるけれども、それと同時に二人の間で何かが共有されることが大切なのも一貫して見えてきたことである。共有されるものは、短歌であったり、芥川龍之介の短編「歯車」であったり、ディッケンズの長編『荒涼館』という小説であったり、シューマンのピアノ曲「謝肉祭」であったり、芸術作品であることが多いのもわかった。このことはユング派の心理療法を行っている立場からすると非常に興味深く、また納得できる。心理療法は、クライエントとセラピストの二者関係だけから成り立っているように思われるかもしれない。しかしクライエントのもたらす夢や箱庭などのイメージや、クライエントが熱中しているアニメや音楽などを大切にするユング派の心理療法においては、まさに芸術的な何か第三のものを二人で共有し、その世界に包まれることが治療的な出会いになる。またその第三のものによってセラピーを深め、クライエントの変化や癒やしにつながることになるのである。

うまく展開しなかった関係が、別の関係にシフトして、そこで本質的な出会いが生じる話が多いのも興味深い。ショッピングモールで出会った女性とは、自分がゲイであるために性的に近づくことができなかったのに、共通するほくろの特徴から自分の姉との関係の修復にシフトしたり、コンサートが開催されず、久しぶりに一緒にピアノを習っていた少女との再会が実現しなかった帰りに不思議な老人の深遠なることばを聞いたり、デートのために迎えにいったガールフレンドは不在だったものの、その兄に出会い、芥川龍之介の話を朗読することでその兄の癒やしにつながったりと、出会いは別の関係にシフトしていくことが多い。また最初の関係が男女の恋愛的なものであるのに対して、そこから思わぬ形でシフトしていって生じた出会いが、別の恋愛対象のようなものに置き換わるのではなくて、姉、老人、ガールフレンドの兄などの思わぬ人物であるのが興味深い。しかし出会いがシフトすることが単に別の関係へと次から次へとポストモダン的に流れていくのではなくて、そこで関係の修復や問題の消失が起こって、次元の深まりを見せるのも興味深い。これも一つのものに全てが含まれていて、それどころか一塵《いちじん》に無量の諸仏が入るという華厳の教えのように、全てのものは原則としてつながっているけれども、どこかの一点で深い次元に入ることができるのを示唆していると思われる。[29]

このように見ていくと、出会いは非常に美しく、深遠で救いに満ちたもののようである。しかし、最後の二章で取り上げた『一人称単数』の二編は、ネガティヴな出会いを描いているように思われる。偶然におもしろい出会いをしたと思っていた人物が、自分の知らない恐ろしい面を持っていることが後から明らかになることがある。あるいは逆に、自分では気づかないままに、相手にとってはおぞましい出会いをしてしまっていることもある。すばらしい出会いには裏も影もある。それを含めて、これらの短編は出会いの非常に本質的なところを示唆しているのである。

＊＊＊

本書も様々な出会いによって成立してきた。もちろんそれには作品に出会えたことが大きく、「偶然の旅人」を読んだときには、『東京奇譚集』のなかで特別なリアリティを持っているように感じられ、衝撃を受けた。この短編は、ピアノ調律師が偶然に同じ本を読んでいたためにある女性に出会い、その女性のほくろという身体的特徴が共通するという偶然の一致から、断絶していた自分の姉に出会い直すという物語である。これは出会いが必ずしも新しいものに遭遇することではなくて、既に知っている人との出会い直しでもあるということでも興味深い。また心理療法を営む者としては、毎週火曜日にカフェで会うという設定からして、セラピーでの出会いと現実での出会いの関係についても考えさせられるものであった。

出会い直しといえば、辛島デイヴィッドさんが講師を務めていたNHKラジオの「英語で読む村上春樹」(2016年)にゲスト出演させていただいたのも作品との出会い直しであった。もちろん辛島デイヴィッドさんに出会えたことも大切で、多くの刺激を得たけれども、出演するために作品をもう一度読み直したことが重要な出会い直しであった。「心理学者はなんでも心理的に分析しているのか?」と私に言う人がよくいるが、たいてい小説を読むときは、おもしろいと思っていても、もちろんそれほど詳しく分析して読んでいるわけではない。自分の捉えているものは感覚にとどまって、ことばにはなっていない。しかし公に話さねばならないということのために、もう一度作品と向かい合うと、暗黙のうちに捉えていたものがことばになり、それとともに作品との出会い直しが起こるのである。

「パン屋再襲撃」で出会いがすれ違いに終わっている理由と思われたものが、多くの場合において見事にクリアされて、出会いが生じている『一人称単数』という短編集に出会えたのは大きな喜びであった。前著の『村上春樹の「物語」――夢テキストとして読み解く』を超える考え方が出てきたと実感でき、幸いそれを話す機会をNHKラジオやNHK文化センターの講義でいただいた。全員の名前を挙げきれないが、その際にお世話になった方々に感謝したい。

しかし話していたものを書くためには、さらにもうワンステップが必要であった。それはまた作品との新たな出会い直しを経験することとなった。自分の人生を振り返ってみると、多くの思いがけない出会いや出会い直しから成り立っているのにつくづく思い当たる。もちろん出会い損ねやネガティヴな出会いを含んでのことであるが。そして本書が成立するためには、朝日新聞出版の大場葉子さんとの出会いなくしては考えられなかったであろう。私のインタビューが入っている新書を担当してもらったことをきっかけに知り合い、本書に関連する私の講義などを通じて、出版の企画を進めていただき、執筆中も貴重なフィードバックをいただいた。記して感謝したい。

２０２４年12月

河合俊雄

註

1　河合俊雄『村上春樹の「物語」――夢テキストとして読み解く』新潮社、二〇一一

プロローグ

2　W・ギーゲリッヒ（田中康裕訳）『心理療法において何が癒やすのか？』創元社、二〇二四
3　G・アガンベン（高桑和巳訳）『バートルビー――偶然性について［新装版］』月曜社、二〇二三
4　大澤真幸「こころの新時代――無調世界で働くこと？」（『箱庭療法学研究』三一巻第一号七九 - 九七頁）、二〇一八
5　Jung, C.G. "The state of psychotherapy today" In: *CW* 10, 1934, par.367.

第一章

6　C・G・ユング、W・パウリ（河合隼雄、村上陽一郎訳）『自然現象と心の構造――非因果的連関の原理』海鳴社、一九七六
7　河合俊雄『夢とこころの古層』創元社、二〇二三
8　Jung, C.G. "The psychology of the transference." *CW* 16, 1946, par.427.〔C・G・ユング（林道義、磯上恵子訳『転移の心理学［新装版］』みすず書房、二〇一六〕
9　河合俊雄『夢とこころの古層』創元社、二〇二三
10　Jung, C.G. "The psychology of the transference." *CW* 16, 1946, par.437.

第二章

11 河合俊雄『村上春樹の「物語」――夢テキストとして読み解く』新潮社、二〇一一
12 Jung, C.G. "The psychology of the transference." *CW* 16, 1946, par.399.

第三章

13 河合俊雄「対人恐怖から発達障害まで――主体確立をめぐって」（河合俊雄編）『発達障害への心理療法的アプローチ（こころの未来選書）』創元社、二〇一〇

第四章

14 河合隼雄『河合隼雄と子どもの目――〈うさぎ穴〉からの発信』創元社、二〇一九
15 R・オットー（久松英二訳）『聖なるもの』岩波文庫、二〇一〇
16 中井久夫『分裂病と人類〔新版〕』東京大学出版会、二〇一三
17 笠原嘉『精神病と神経症』みすず書房、一九八四
18 田中康裕「大人の発達障害への心理療法的アプローチ」（河合俊雄編）『発達障害への心理療法的アプローチ（こころの未来選書）』創元社、二〇一〇
19 木村敏『時間と自己』中公新書、一九八二
20 藤巻るり「神経症の40代男性との心理面接――イメージとして見た身体症状」（河合俊雄編）『ユング派心理療法』ミネルヴァ書房、二〇一三

第五章

21 村上春樹『職業としての小説家』新潮文庫、二〇一六

22 C・G・ユング、A・ヤッフェ編（河合隼雄他訳）『ユング自伝2――思い出・夢・思想』みすず書房、一九七三

第六章

23 C・G・ユング、A・ヤッフェ編（河合隼雄他訳）『ユング自伝1――思い出・夢・思想』みすず書房、一九七二
24 河合隼雄『こころの処方箋』新潮文庫、一九九八
25 河合隼雄『明恵 夢を生きる』講談社＋α文庫、一九九五
26 Giegerich, W. "The lesson of the mask" In: Giegerich, W. *The Neurosis of psychology: Collected English papers* Vol 1. pp.257-262.

第七章

27 Y・トゥアン（阿部一訳）『個人空間の誕生――食卓・家屋・劇場・世界』ちくま学芸文庫、二〇一八

おわりに

28 毎日新聞「村上春樹をめぐるメモらんだむ：最新短編集から聞こえる音楽」（二〇二〇・七・二六付）
29 鎌田茂雄、上山春平『無限の世界観〈華厳〉（仏教の思想6）』角川ソフィア文庫、一九九六

参考文献

芥川龍之介『河童・或阿呆の一生』新潮文庫、一九六八
L・ヴァン・デル・ポスト（由良君美、富山太佳夫訳）『戦場のメリークリスマス：影の獄にて〔映画版〕』新思索社、二〇〇九
M・エンデ（大島かおり訳）『モモ』岩波少年文庫、二〇〇五
R・オットー（久松英二訳）『聖なるもの』岩波文庫、二〇一〇
鎌田茂雄、上山春平『無限の世界観〈華厳〉（仏教の思想6）』角川ソフィア文庫、一九九六
河合俊雄『村上春樹の「物語」――夢テキストとして読み解く』新潮社、二〇一一
河合俊雄『夢とこころの古層』創元社、二〇二三
河合俊雄編『発達障害への心理療法的アプローチ（こころの未来選書）』創元社、二〇一〇
河合俊雄編『ユング派心理療法』ミネルヴァ書房、二〇一三
河合隼雄『明恵 夢を生きる』講談社＋α文庫、一九九五
W・ギーゲリッヒ（田中康裕訳）『心理療法において何が癒やすのか？』創元社、二〇二四
C・ディケンズ（佐々木徹訳）『荒涼館（1～4）』岩波文庫、二〇一七
Y・トゥアン（阿部一訳）『個人空間の誕生――食卓・家屋・劇場・世界』ちくま学芸文庫、二〇一八
夏目漱石『三四郎』岩波文庫、一九九〇
J・W・フォン・ゲーテ（竹山道雄訳）『若きウェルテルの悩み』岩波文庫、一九七八
村上春樹『1Q84』（BOOK1～3）新潮文庫、二〇一二
村上春樹『一人称単数』文春文庫、二〇二三
村上春樹『海辺のカフカ』（上・下）新潮文庫、二〇〇五
村上春樹『騎士団長殺し』（1～4）新潮文庫、二〇一九
村上春樹『四月のある晴れた朝に100パーセントの女の子に出会うことについて』文鳥文庫、二〇一五

村上春樹『職業としての小説家』新潮文庫、二〇一六
村上春樹『スプートニクの恋人』講談社文庫、二〇〇一
村上春樹『東京奇譚集』新潮文庫、二〇〇七
村上春樹『ねじまき鳥クロニクル』（第1部〜第3部）新潮文庫、一九九七
村上春樹『ノルウェイの森』（上・下）講談社文庫、二〇〇四
村上春樹『パン屋再襲撃』文春文庫、二〇一一
村上春樹『羊をめぐる冒険』（上・下）講談社文庫、二〇〇四
C・G・ユング（林道義、磯上恵子訳『転移の心理学［新装版］』みすず書房、二〇一六
C・G・ユング、A・ヤッフェ編（河合隼雄他訳）『ユング自伝1――思い出・夢・思想』みすず書房、一九七二
C・G・ユング、A・ヤッフェ編（河合隼雄他訳）『ユング自伝2――思い出・夢・思想』みすず書房、一九七三
U・K・ル＝グウィン（清水真砂子訳）『ゲド戦記』（全4巻）岩波少年文庫、二〇〇九
J・ロビンソン（松野正子訳）『思い出のマーニー』（上・下）岩波少年文庫、二〇〇三

河合俊雄（かわい・としお）
1957年生まれ。臨床心理学者、臨床心理士・公認心理師。京都大学大学院教育学研究科博士課程中退。Ph.D.（チューリッヒ大学、1987）、ユング派分析家資格取得（1990）。甲南大学助教授、京都大学大学院教育学研究科教授、京都大学こころの未来研究センター教授・センター長を経て、現在、京都こころ研究所代表理事。IAAP（国際分析心理学会）会長（2019-22）。著書に『心理療法家がみた日本のこころ―いま、「こころの古層」を探る』（ミネルヴァ書房）、『村上春樹の「物語」―夢テキストとして読み解く』（新潮社）、『心理臨床の理論』『ユング―魂の現実性』（共に岩波書店）、『夢とこころの古層』（創元社）などがある。

朝日選書 1047

村上春樹《むらかみはるき》で出会《であ》うこころ

2025年2月25日　第1刷発行

著者　河合俊雄

発行者　宇都宮健太朗

発行所　朝日新聞出版
〒104-8011　東京都中央区築地5-3-2
電話　03-5541-8832（編集）
　　　03-5540-7793（販売）

印刷所　大日本印刷株式会社

Published in Japan by Asahi Shimbun Publications Inc.
ISBN978-4-02-263138-1
定価はカバーに表示してあります。